RIVIER VAN VERGETELHEID

PHILIPPE CLAUDEL BIJ DE BEZIGE BIJ

Grijze zielen
Zonder mij
Het kleine meisje van meneer Linh

Philippe Claudel

Rivier van vergetelheid

Vertaling Manik Sarkar

2006

DE BEZIGE BIJ

AMSTERDAM

Gepubliceerd met steun van het Franse ministerie van
Buitenlandse Zaken, het Institut Français des
Pays Bas/Maison Descartes en de BNP Paribas

www.debezigebij.nl

Aan de jonge schim van Valérie S.
Aan al mijn doden

In het licht van Dominique

Hij herkent die ogen die door het lijden
mauve zijn gekleurd

ARAGON

In die tijd dronk ik vaak van die glaasjes onbeduidende witte rijnwijn, terwijl ik sterk aan Paules lichaam dacht. Dat was in de blinde achterzaaltjes van Vlaamse cafés, aan de voet van een rivier die traag en modderig was geworden door zijn ongedwongen loop vol bochten. Er was daar niets wat me verbond met de ongeremd baatzuchtige wereld van dit fin de siècle. België heeft allerlei hoekjes, waarin ik lag te sluimeren als in een warm hol en net zo weinig aan andermans leed dacht als een dier aan God. Met alle respect voor Baudelaire, van wie ik overigens door al mijn ellende heen het verzameld werk zou bewaren (een paar delen ervan tenminste, om de waarheid te schrijven): België is de laatste droom van een uitgeput Europa. De baksteen is er verheven tot vlammend marmer, en de rust die het uitstraalt maakt het voor mensen met weinig haast zoals ik mogelijk om de illusie te koesteren dat traagheid het summum is van levenskunst.

In dit land had ik van Paule gehouden, en alles schonk er mij genot: het genot van het dromen, van het horen dat de zeewind tot in het diepst van de sparrenwouden klonk, van de smaak, van de mond, van de keel; maar ook het genot van de aanraking, zoals mijn handen treuzelden over de korst van een brood of de schors van een boom, over de naakte arm van een denkbeeldige serveerster of over de buik van een snoek.

De dikke, nauwelijks door het scheermes gladgemaakte wangen van de zwaarlijvige burgers van Mechelen die religieus in hun staminees zitten te drinken, voegden aan de geografie van mijn afgunst een nieuwe *plek* toe toen ik mezelf betrapte op de gedachte hoe ik op een oude dag pijp zat te roken met een glas jenever voor me dat door een schalkse serveerster op tafel was gezet.

De uren zouden verstrijken met de herhaling van een klokkenspel; ik zou hoge fietsen horen bellen, bereden door meisjes die veel te snel weer om de hoek waren verdwenen, en dan kwam de nacht, een wandelende dronkaard, de deur van het café, een angstig meisje dat rennend wegvlucht, een streep bijna kleurloos maanlicht op een kinderkopje dat er iets meer uit springt dan de andere, de geur van vrome bessenlikeur op je lippen... en de slaapkamer van ons als oud echtpaar, veren kussens, lakens met monogram, een aardewerken lampetkan.

Paule was een jaar of dertig en ze had borsten van snoeverij, ja, van *snoeverij*, ook als dat niets betekent; zo had ik ze op een avond op een pier in Oostende gezegend, toen ik de fog doorboorde en mijn vingers met haar borsten stoeiden. Het vlees stelt eisen waaraan de taal maar moeizaam kan voldoen, en het ongepaste woord was uit zichzelf ontstaan, ontkiemd en gegroeid in mijn gedachten die op dat moment volledig in beslag werden genomen door de warmte die net onder Paules zware borsten werd vastgehouden.

Ze klappertandde, zowel van het lachen als van de kou, december vol in je gezicht; enorme golven die ons geselden als scherpe vuurstenen. Dronken van heel veel drank en verlangen zwaaide ik met haar memmen naar de brullende zee, ik trok eraan, hield ze omhoog, drukte mijn handpalmen tegen hun warmte. Paule lachte, verkleumd, en ik schreeuwde: 'Snoeverij, snoeverij... Hoor je me, noorderling!' – Want dat was de bizarre en verwerpelijke naam die ik de zee die avond gaf – 'Haar borsten zijn van snoeverij!'

Uiteindelijk kotste ik over de reling, zo hevig zwaaide de pier heen en weer. Maar ook toen ik alles eruit had gegooid en mijn maag niet meer opspeelde, bleef ik haar borsten vasthouden; ik weigerde ze los te laten, die dikke, lauwe, stralende, gladde, heerlijke borsten van Paule vol blauwe en roze adertjes.

In die tijd liet ik me leiden door mijn instinct.

Ik liet me graag leven en had me het devies van de retabelschilder toegeëigend: '*Als ij kan.*'

Ik leefde in de onmetelijke liefde van Paule alsof het een land was.

Ik dacht aan romans.

Toen ging Paule dood.

Het landschap bood ruimte voor moordpartijen. Ik ontdekte hoe weinig ruimte er is tussen genade en leegte.

Dat alles is nog niet zo ver weg, en toch ben ik een ander. Het voelt alsof duizend jaar van huilen, lachen en vermoeidheid, en nachten waarin walging over het leven op mijn laffe persoon wogen – ja, alsof een werelddeel van slijk en wroeging het mijne uiteindelijk heeft uitgeput en mij vaal en vol kloven heeft achtergelaten.

Dagenlang deed ik niets anders dan spelen met haar naam en haar gezicht: 'Paule, mijn Paule, mijn kleine Paule van de kust, van het midden van de aarde in een onweersbui, van avonden in Gent en Rijssel', ik woelde door haar haren en kneedde haar nek, haar schouders, haar dijen, de lach in haar ogen; en ik probeerde haar, mijn Paule die weg was, te verenigen met dat onmogelijke woord... *dood, dood, dood...* Ik probeerde me haar dood in te prenten – dat ging mijn macht te boven, haar *grote* dood, zei ik bij mezelf, alsof ik die onmogelijke gebeurtenis menselijker kon maken door hem op te blazen.

Ik wilde een hekel aan haar en aan haar schoonheid

krijgen, aan de herinnering aan hoezeer ik haar nodig had; Paule is een lijk, moge ze verrotten in mijn herinnering, dacht ik, 'heel zachtjes verrotten', en moge ik langzamerhand in diezelfde stilte wegzakken en me bij haar voegen in de as.

Ik had mijn baan eraan gegeven. Kwam overdag niet meer buiten. Leefde in verwildering.

De etage in de Kammerstraat bewaarde alle fosforescenties van onze liefde in zijn dikke, roerloze buik, en elk uur was een nieuwe kruisweg, als ik de spullen en kleren kruiste die Paule had gekocht, aangeraakt, gedragen, en waarin nog steeds haar geur hing van wol, blonde tabak en seringen – nog steeds, nog steeds, totdat ik kotste van verdwazing en nog dieper wegzonk in de duistere kilte van mijn ingewanden die het niet konden verdragen dat ze niet crepeerden. Dat ze bestonden. Dat ze aderen voelden kloppen, op mijn voorhoofd en in mijn hart. Terwijl zij...

Elke ochtend als ik ontwaakte uit de slaap waar de drank me in had gegooid, werd ik opnieuw weduwnaar, en ik rende naar de wc om er mijn dromen in uit te kotsen, dromen waarin Paule – net als op de eerste dag, toen we elkaar ontmoetten in de mooie Vlaamse zomer – in al haar traagheid en schoonheid naar me toe kwam, met haar lach en haar kussen en haar stem, de grote zon, die me onder de bloeiende acacia's *naar het hoofd steeg*, die eerste woorden, in de tuinen van Lochristi waar naar men zegt de mooiste bloemen van de wereld staan en waar ik in gepeins verzonken naar armenvol gele sterren stond te kijken die uit Toscaanse bloempotten staken, toen ik plotseling een stem hoorde, *de* stem, haar stem, die tegen me zei: 'Dat is schubkamille...'

Ik heb geleerd dat mensen andermans ontreddering enige tijd verdragen, en die beklagen met een diepe oprechtheid van zeer voorbijgaande aard; daarna verliezen ze hun geduld bij de aanblik van een verdriet dat maar niet wil verdwijnen: 'Goede god, verman je, je komt niet eens meer buiten, je begint te stinken, kerel! Zet de ramen eens open, dat zou zij ook zeggen, Paule zou zeggen... Je moet verder, het leven gaat door, echt, dat zou ze zeggen...'

De smeerlap die mij op een keer zo troostte was verzadigd van geluk, helemaal roze, als licht aangebakken spek dat ligt te etteren in de holte van een mooie braadpan. Hij keek uit het raam naar de kinderen die naar school gingen, ontweek mijn blik, dacht ongetwijfeld aan zijn vrouw die zo gezond was als een koe, en stelde zich mijn dode Paule voor.

Ik riep de geest van Paule aan. Maar Paule bevond zich in de Afwezigheid, ze was onderworpen aan afzondering en duisternis, overgeleverd aan de ondoorzichtige aarde van het kerkhof van Minelseen, aan beestjes, aan het volk dat in de mergel ligt, misschien al zonder ledematen in de wirwar van wortels die in de richting van haar mond en haar keel kropen, mijn Paule, aangevreten, met gekloofde lippen, een feest-

maal voor mieren en wormen: 'Zet u toch mooie bloemen bij uw vriendin,' had de opzichtster van het kerkhof tegen me gezegd. Wat zijn bloemen nou helemaal?
had ik gedacht.

Paule kon niet bij me terugkomen, net zomin als
haar schoonheid de imbeciel zou kunnen vloeren die
me nu op de schouder tikte en mijn gewrichten fijn
kneep met een kracht die evenredig was aan de vriend-
schap die hij tot uitdrukking wilde brengen.

De fles vloog door de lucht. Het ging helemaal van-
zelf. Een opluchting. Zoals je je wanneer je als kind
speelde dat je verdronk, afzette tegen het slib van de ri-
vierbodem en koortsachtig en met barstensvolle longen op zoek gaat naar de blauwe lucht waarvan je weet
dat die er is, naar het leven.

Ik zag mezelf die fles gooien. Ik wilde die ledenpop
die daar namens Paule het woord voerde pijn doen, ik
wilde hem vol in zijn gezicht raken, hij die dacht te weten wat zij zou hebben gezegd, die valse broeder, verzadigd van zijn goedheid en van het geluk waardoor hij
zo druk voor me stond te gebaren terwijl ik helemaal
alleen was, naakt, op de grond, met de baard van een
zieke heilige, met een geel lichaam, smerig van vuil,
verdriet en opgedroogde uitwerpselen, een weduwnaar met de grove flanken van een straathond.

Er vloeide wat bloed. De flessenhals raakte hem op
het moment dat hij de knoop in zijn stropdas herstrik-
te.

In mij lachte Paule, vrolijk. Ik rilde. Schouderophalend ging hij naar buiten, het bloed parelde als rode traantjes in de ogen van de olifantjes op de stof van zijn stropdas die vederlichte maharadja's naar ver weg gelegen paleizen vervoerden.

De nacht van die vijfde oktober, de eenenzestigste dag, trof mij weer eens bij Chez Fred, het café voor Arabieren onder aan de straat, waar ik elke avond sinds de begrafenis onder plastic neppalmen met mijn ongeluk stond te wapperen op fantasiamuziek en mijn verdriet wijn en bier en alle drank voerde die hij van me eiste om zijn bek te houden of achter mijn rug aan kracht te winnen.

Nacht dus, de eenenzestigste sinds jouw dood, mijn kleine Paule, mijn licht. Hoe lang zal ik ze nog moeten tellen? Dit was er alweer een. Hoeveel nachten nog, voor mij, de haast niet levende die helemaal niet meer wilde leven?

Het veranderde helemaal niets aan wat dan ook. Ik sprak tegen de glazen, viel de drinkers lastig, perste er tangopasjes uit terwijl ik me vastklampte aan mijn jasje als aan de kont van een hoer; ik die zelf een hoerenzoon was, maar die door Paule, mijn zon, was verlicht en uit de modder van de herinnering aan die publieke, veile, door iedereen bepotelde moeder was gehesen... Zij, Paule, was de enige die dat in mij had gezien. Die het uit me had weten te trekken, het geduldig uit mij had losgetornd in de loop van de achttienhonderddrieënzestig dagen van onze liefde, gedurende de achttienhonderdtweeënzestig nachten van onze liefde. Paule had me geleerd wat een vrouw is.

En die avond had mijn vriend, de smeerlap, zijn wang moeten laten hechten, ongetwijfeld voor het eerst in lange tijd. Hij ging lekker warm slapen, met zijn wond op de lauwe borst van zijn vrouw, in een wereld die de mijne niet meer was, in uren waar ik niets meer mee te maken had.

Ik zat met mijn billen op het trottoir, met mijn handen in een waterplas, met licht geschaafde handpalmen en in mijn geest de angst dat ik zodra ik thuiskwam op mijn kop zou krijgen van het spook van die rotmoeder van mij, net als toen ik klein was.

Er was bij Chez Fred een onduidelijke ruzie uitgebroken over de exacte kleur van de Sahara en zijn weerschijn: volgens sommigen een schakering van roze en honing, volgens anderen meer als zwavel; toen klappen en geschreeuw, de cafédeur die tegen mijn hand sloeg, ik wist het allemaal niet meer precies. Regen op mijn haar. Een hond die aan een vuilnisvat snuffelde. De geur van verrotte groenteresten, piepende remmen, vrij ver weg...

Wie dood wil, sterft niet.

'In plaats van ons avond na avond je verhaal in het gezicht te smijten kun je het beter opschrijven, dat is vrediger.'

Wie was de cafébaas die me daarmee had uitgedaagd en teruggestuurd naar mijn armzalige spiegel? Fred? Jhongkers, het wankelende scharminkel van Le Cul de Dieu? De oude Streponi van café Salamander, met de kampeerderskuiten, het accent van Les Pouilles en de ontzagwekkende levercirrose?

Ik weet het niet meer. In de weken die volgden op de dood van de vrouw die ik vroeger, op grootse avonden vol lyriek en frambozenwijn, *de strelende* had genoemd, hadden alle knijpjes van Gent me binnen zien strompelen.

Het is waar dat ik het tijdens mijn omzwervingen als kersvers beweduwnaarde dronkaard heel vaak over Paules kont heb gehad, en over haar borsten en over alles, ongetwijfeld tot vervelens toe! Wie heeft haar dus niet leren kennen uit mijn gebrul bij de dageraad, de ranzige soep van bier en woorden waar ik mijn broeders voor één nacht op trakteerde? Er zijn heel wat mannen die dankzij mij in hun dromen met haar hebben geslapen, daar ben ik van overtuigd, zonder dat ze zelfs haar gezicht of het stervormige litteken dat haar hals nog nobeler maakte hebben gezien.

De fabel móest verteld, ik moest mijn liefde uitschreeuwen in al die oren vol stout, geuze of lambiek. Hoeveel keer heb ik onze omhelzingen niet uitgeschreeuwd en onbeholpen bejubeld voor een publiek dat nergens om vroeg?

Spreken is een genoegen, schrijven vind ik iets heel anders. Paule, wat moet ik aan met onze vochtigheid als mijn stem niet schalt? Met de tekening van je haren, verheerlijkt door het kussensloop, als mijn handen die niet kunnen uitbeelden? Met je uitbarstingen, mooie Vlaamse van me met je teint van zand en frambozen? Met je brede nachten, je heupen die opbolden als de zeilen van een mahoniehouten brik? Met je noordelijke ogen waarin leisteengrijs zich mengde met mintgroen, al naargelang de wolken in de hemel of het eind van een seizoen?

Wat was ik blij dat jij het kwaad niet kende. Je leefde in het land der eenvoudigen. En nu ik daaruit verbannen ben, heb ik geen andere keus dan de handschoen weer op te pakken, al was het alleen maar ter herinnering.

Het zou beter zijn als ik alles van me af had gegooid toen het nog kon. Me had vermand, had geneukt met de eerste de beste griet die ik ontmoette. Weer aan het werk was gegaan, mijn werk dat niet stommer is dan dat van een ander. Me niet te veel gehecht had, afstand had bewaard. Ik had me onnozel moeten houden, en dan hadden de dagen, de rimpels en de glazen wijn de rest wel gedaan. Maar dan had ik de wegen weer moeten nemen die jij had genomen, de gezichten moeten terugzien die jij nog had gekend, vragen moeten beantwoorden; en op die manier zou ik gedwongen zijn om jouw dood steeds weer tegen te komen in de woorden van die anderen, in een eeuwige heropvoering van jouw dood.

Ik was al lang bezig om me in jou op te sluiten. Ons los te maken van de wereld, zodat die niet meer in verbinding stond met onze levens: het mijne sterk, het jouwe vliedend. Net als van die oorlog waarvan de laatste oplaaiingen bij het naderen van jouw dood ver van onze omhelzingen slachtoffers maakten, die oorlog die me geen moer interesseerde: hij overstelpte de krantenpagina's met lijken, maar ze deden me niks. Kinderen die naast hun moeder lagen als kleine, door het vuur verwrongen wijnranken, vrijwel onherkenbaar, op één na van wie het gezichtje ongedeerd was en op wiens neergeslagen wimpers nog de heldere druppels van een tropische regenbui lagen – een detail dat ik me haarscherp herinner; het waren bioscoopbeelden voor mij. Ik werd dieper geraakt door jouw slapeloosheid en je eerste echte pijn. Door je lust, de geleidelijke verdwijning daarvan – meer dan door al het andere, en mijn medemenselijkheid wankelde.

Ik moest ervandoor, weg van deze plek. Ergens anders heen... Op pad gaan omdat ik niet de moed had uit het leven te stappen. Ik wilde wel maar durfde niet, ik werd weerhouden door de angst dat er *hierna* eigenlijk niets zou zijn en dat ik er dan niet meer op kon hopen dat ik Paule terug zou zien in het denkbeeldige paradijs van een of ander geloof, dat ik haar – al was het maar een seconde – terug zou zien, bijvoorbeeld door achterom te kijken in de onthoofding van de slaap die ons leven omzoomt. Eurydice, Eurydice...

Net voordat ik vertrok, stopte ik Paules drie brieven en haar angoratrui toch nog in mijn koffer. De rest liet ik achter. Ik verliet *onze* etage, *onze* stad, het kerkhof dat er op antieke kaarten uitziet als een meer met droge oevers, ik verliet haar graf, alle kroegen vol verdriet, richting 'nieuw leven', zoals de dichter zegt.

Ik zal alles wel vergeten, hield ik mezelf voor, gezicht, lichaam, geluiden... Vergeten... Het ergste is dat de tijd mij soms hielp, zodat ik, de stakker, nu een tweede Paule in mijn herinnering heb, opnieuw geschapen, onstoffelijk, geboren uit de levende vrouw van toen, die in mijn hoofd vol drank en melancholie zit. Een zus zonder verleden.

Ik moest kilometers afleggen en heel veel kruispunten passeren. Ik wilde een onherroepelijk doolhof neerleggen tussen de grond van Paules leven en de wereld waarin ik zonder haar verder zou moeten.

Met tomeloze snelheid reed ik over de met varens

omzoomde B-wegen, de bochten nam ik als evenzove-
le gifbekers en ik dacht terug aan een avond dat Paule
door ons slaapkamerraam naar het belfort had staan
kijken. Ze had het licht niet aangedaan. De stenen to-
ren raakte een van haar slapen. Het leek alsof er vuren
knetterden, maar we hadden geen haard. Het belfort
en zij leken even slaperig. Ik kreeg een plotseling voor-
gevoel – we wisten toen nog niets van haar ziekte – en
ik dacht aan dood en aan stenen, aan de liggende ge-
stalten op het grafmonument van Sint Lucas, aan de
mooie hand van Isabeau de Guélandre die de beeld-
houwer zo knap van het vlees heeft ontdaan, aan aken
met geteerde rompen die buigen en knarsen als de
langzame rivierarmen door het ijs in slaap worden ge-
sust.

Misschien is Paule die dag al vertrokken naar de as-
grauwe nacht waar het leven uitdooft, zonder het me
te zeggen.

Op mijn vlucht bleef Paule bij me. Ik reed honderden kilometers zonder het echt te merken. Soms was het avond, dan weer ochtend. De landschappen vervaagden, net als de dorpen, de gezichten en de gevoelens die mijn ziel bezighielden. Ik bewaar alleen nog een angstaanjagende herinnering aan een paar voorbijgaande details: een viaduct dat zich naar een bos met berken en lariksen toe boog, twee enorme kippen in de koplampen, de ene krijsend onder het linker voorwiel, kleine bossen.

Ik sprak met Paule, hardop en luidkeels. Vertelde haar over de sneeuw die langzaam in mijn buik werd gestort, met handenvol, en me voortdreef. Dit was het begin van haar legende, nu ze er niet meer was om me tegen te spreken of haar lach te schenken.

Niets of niemand op de passagiersstoel. Een trui op de achterbank.

Op een dag moest ik wel stoppen. Dat was in Feil... Ik begreep, god weet waarom, dat hier het einde van Paules wereld lag. Het was een klein, erg alledaags stadje dat leek op heel veel andere stadjes, maar voor mij was het de eerste plek zonder Paule. Ze was nergens, er was niets wat haar opriep.

Op een bankje op het plein rookte ik mijn laatste sigaretten. Het was bijna ochtend. De tabak vermengde zich met de roestige geur van de lindetakken.

's Ochtends wees een man in een blauwe stokersoverall met een houweel over de schouder me het huis van een kamerverhuurster, een zekere madame Outsander: 'Daar vindt u een kraakheldere kamer; de bazin is opgegroeid op bijlanders en dat merk je nog steeds aan haar huis.'

Deze verwijzing naar de properheid aan boord van schepen riep beelden op van de kanalen als geaquarelleerde strepen onder de mooie Gelderse luchten. Als kind telde ik de aken, schatte hun tonnages, raadde naar de lading en de staat waarin die verkeerde; en met de alchemie van mijn zeven jaren versmolten de kolen uit Polen tot het goud uit mijn dromen. Soms dook de wind voor de grap in het ondergoed dat een vrouw in mouwschort had opgehangen: de hemden kwamen met grote ballonlichamen tot leven, de broeken vulden zich met transparante dijen. Geklapper in de wind, volkse hemdslippen, vaandels van katoen... Ik zag de levens van mannen en vrouwen die me zacht en teder leken, en jongens van mijn leeftijd die als lammetjes werden vertroeteld. In de maand mei, met de appelbloesem, voegde een paar wonderbaarlijke kousen zich bij het spinrag dat boven de velden zweefde. Ik

kauwde op grassprietjes die ik naar kaneel vond sma-
ken. Ik hoopte op geluk. De schoonheid van het landschap maakte me nog triester.

Dat was in de tijd dat Paule nog niet bestond.

Ik ging dus naar madame Outsander. De deur werd
omzichtig opengedaan en ik zag het knobbelige gezicht van een oude, dikke vrouw. Toen het wantrouwen geweken was – wat zag ik eruit! – verscheen er
een grote glimlach in haar ogen; en toen ze even met
haar oogleden knipperde, leek het of er een jong meis-
· je van heel ver weg kwam en op een verkleedfeestje de
gedaante aannam van een verlepte dame.

Op de gang zag ik foto's van haar overleden man
hangen. De zwarte linten om de lijsten waren in al die
jaren van weduwschap vergrijsd, en de dode – in zijn
pandjesjas, in een uniform van de genie en lachend en
sluw met een volkse strohoed op zijn achterhoofd –
leek op de kleinzoon die ze nooit had kunnen krijgen.

Rechts van een van de foto's waren direct op het behang drie nooit gedragen onderscheidingen geprikt,
en ook epauletten met wat vlekjes erop die ze haar ooit
hadden toegezonden, tegelijk met het telegram. Op
een laag tafeltje dat eronder stond lag een boeket
droogbloemen. Over alles hing de geur van bijenwas
en droogbloemen.

Er moeten duizenden interieurs zijn zoals het hare,
in Vlaanderen, Thüringen of de Angoûmois; duizenden halletjes behangen met relikwieën, duizenden

emoties, verdroogd door de vele zomers en opgegraven tijdens de lange winters vol pekel, want in de modder van Verdun en Argonne liggen duizenden jonge lijken die almaar blijven sterven, zonder iets te zeggen maar met wijd opengesperde pupillen, in de diepe kuilen in de klei.

Het beviel me allemaal wel: de cultus voor een dode, madame Outsanders doofheid, de fris geboende grote trap die naar de zolder slingerde en me deed denken aan een onmogelijke gravure met een metafysisch thema, de geur van vergetelheid van het bakstenen huisje, zoals je denkt dat het ruikt in jampotten die op een rij staan op een plank met een randje van loofwerk.

Daarom bleef ik, nadat de oude dame me een stinkende rozenbottelthee had voorgezet en we het eens waren geworden over de prijs.

Voor het eerst in mijn volwassen leven zou ik bij een vrouw intrekken zonder het bed met haar te delen. Ik had wat geld, genoeg om kalmpjes van te leven, onverschillig als een spook zonder toekomst.

In het stadje Feil bestaat de middenstand zo'n beetje uit drie kruideniers, een tabakswinkel, twee slagerijen, een winkel voor garen en band die ook visgerei verkoopt en een bizarre voorraad conserven heeft, twee bakkerijen waarvan er één ook in gas en kolen doet, een banketbakkerij en vier cafés.

De tabakszaak is tevens krantenkiosk en postkantoor.

Er staan wat boeken, vooral detectives, en er is een papierwarenafdeling waar drie stapels schriften van het merk Le Conquérant liggen: een blauwe, een bruine en een groene, maar de kleuren hebben in de loop der jaren hun frisheid verloren; nu zijn het vale tinten die vlekkerig verspreid zijn over de kartonnen kaften waarop een geharnaste ridder in versteende galop een lans voor zich uit steekt.

Ik koop er drie, en ook een toeristengids van achtendertig jaar oud. Toen ik hem oppakte, bleef de achterkant van de kaft aan de standaard plakken. De verkoper, een dikke man met het hoofd van een triest kind, stond erop me korting te geven. Er staat in te lezen:

Feil, [...] nog zo'n heerlijk plaatsje in de Ardennen, gelegen aan de Maas, die het in de loop der eeuwen veiligheid en rijkdom heeft geboden. Vandaag de dag, en in de afgelopen honderdvijftig jaar, leeft Feil van de leisteen die er in onmetelijke hoeveelheden in de grond zit. De oevers van de rivier verwelkomen vele aken; het geluid van het laden en het gezang van bemanningen uit heel Europa stijgen op naar de stad met zijn nauwe straatjes vol vrolijke drukte.

Zestiende-eeuwse kerk, resten van de Via Apollonia, panorama van de Rots der Tranen; culinaire specialiteit: bloedworst met ui.

Hotel Het Everzwijn heeft drie jaar geleden de luiken gesloten, zo is me verteld, en een groot aantal huizen ook; de straten zijn in handen gevallen van de katten, hier en daar strijden onkruid en plaveisel om de macht en de benzinepomp is versierd met roest. Het is deels aan de rare sfeer van die laatste te danken dat ik in dit stadje halt heb gehouden: het gebrek aan benzine beschouwde ik als een metafoor van mijn leven.

De eerste avond bij madame Outsander opende ik mijn koffer en legde de brieven en de trui met mijn ogen halfdicht in de linnenkast die naast het bed de wacht hield. Maar een paar sneeuwvlokjes die achter de ruit van het slaapkamerraam naar beneden dwarrelden waren al genoeg om Paule weer tot leven te wekken en naar me toe te laten komen. Tegen me aan.

In de winter gingen we altijd kijken hoe de eerste sneeuw op de torens van de Sint Bavo viel. De hemel die dan vol schisten zat verlengde de kathedraal met een grauwe spiraal. De sneeuwvlokken kwamen zo langzaam op de grond terecht dat door hun gratie alles plotseling gestold en beweeglijk tegelijk leek. Wij traden binnen in de paradox van een vertraagde bol. Paules lippen waren gebarsten, vuurrood en daarna bloedeloos. Ik sloeg mijn arm om haar schouders.

Lang bleef ik staan kijken naar de sneeuw die op het kleine plein van Feil viel en smolt zodra hij de grond raakte en die ook in mij smolt, als ontelbaar veel dode engeltjes die tijdens hun duizend jaar durende val door de bliksem waren getroffen, en daarna begon ik – op deze eerste avond buiten de aarde van Paule, buiten de plaats waar de herinneringen aan Paules licht en haar bewegingen zijn – een paar woorden te schrijven in de eerste Conquérant, de blauwe.

Ik wandel door Feil met Paules schim en mijn berouw. De hoofdstraat maakt een steile afdaling naar de Maas en komt uit op een nauwe haveninvaart. Hij past wel bij mijn doffe gevoel van ingetogenheid. Op deze plek is mijn verdriet op zijn plaats: hier bij de granieten rivierweg en de mist op het water. Huizen staan keurig op een rij aan de oever, van het water gescheiden door een rij elzen, een met boomschors bedekt pad en een weiland dat ze de laatste keer vergeten zijn te maaien. In het water zijn de laatste pontons half weggezonken; de kades brokkelen af. Touwresten zijn losgeraakt en drijven verward op de stroom. Dit is mijn wandeling.

De herfst is bijna voorbij, geeft zich over aan de winter, aarzelt, opent haar dijen als een sloerie, bedenkt zich en wordt weer minder fris. Elke volgende ochtend is weer wat kouder dan de vorige, jaagt me weg van de gouden velden van de zomer en plundert ze kaal. Als een stervende die de tel kwijt is houd ik het overlijdensregister van de uren bij: het is de tachtigste dag zonder Paule.

31

Ik dwing mezelf tot vaste gewoontes, een vast stramien van cirkeltjes die niets om het lijf hebben, zodat ik me een voetganger in een nieuw leven kan voelen. Na de middag daal ik af naar de Maas. Om het andere huis staat er achter het raam een geel bord van een notaris met een louche naam. Om het andere huis is er geen vuur meer, geen bed, geen gefluister, geen gesnik, geen geur van soep, geen vreselijke ruzies, geen verliefd gereutel.

De muren kunnen alleen nog de afmetingen van de vloer bepalen en de trots ervan begrenzen, maar de vloer geeft het niet op en wint het op de lange duur. Binnenkort zal er niets meer over zijn van wat de stad ooit rijk heeft gemaakt: het lichaam van leisteen en water. Overal zijn verkopers, niemand koopt. Klimop en hagedissen creëren een gemêleerd fresco van scheuren op de muren.

Madame Outsander luistert elke avond naar een radioprogramma waarin de luisteraars miljoenen en een reis naar Senegal worden beloofd. Onder het schrijven zit ik te luisteren. Het is een spel. Ze speelt dapper mee en het gebrul van het toestel bereikt mijn bed. 'Weet u de magische naam?' vraagt de presentator aldoor; 'Weet u de magische naam?' 'Roberta,' schreeuwt madame Outsander dan, 'Roberta,' stampvoet ze, maar de presentator lijkt haar niet te horen en geeft het woord aan andere stemmen, even opgewonden als die van madame Outsander.

'Wilt u wel naar Senegal?' vroeg ik haar op een ochtend. 'Welk Senegal?' antwoordde ze... 'Dat van de radio...', 'O, je bedoelt Roberta! Tja...'

Zo eindigde onze vreemde dialoog.

D e drie klaverjassers uit café Het Anker aan het plein, waar ik vaak naartoe ga om mijn behoefte aan drank en mijn melancholie te voeden, heb ik tam weten te maken; soms neem ik de Conquérant mee.

Het heeft tijd gekost en lange stiltes. Twee van hen zijn vroeger steenhouwer geweest, de derde runde de slagerij in de rue des Etuves; nu heeft zijn schoonzoon de zaak overgenomen. Net als mijn hospita zijn ze alle drie de zeventig ruim gepasseerd. Ze verstaan de kunst om hun glazen bier en hun grauwe peuken een eeuwigheid te laten duren. In hun blikken valt pijn te lezen, dodelijke vermoeidheid die wordt uitgewist als hun handen boeren en heren vasthouden, schoppen weggooien en ruiten proberen te paaien. Ze spelen zonder te praten, met af en toe een haast onmerkbaar fluitje als een van hen met de elegantie van een stierenvechter de stok plundert. De vader die ik nooit heb gekend moet ongeveer van hun leeftijd zijn.

Door de ruiten zie je het plein, de bomen geplant in

de vorm van een dobbelsteen en mijn slaapkamerraam met het zijden gordijn met kantjes. Alles hier is heerlijk nietszeggend. De klaverjassers hopen misschien dat de schone weduwe hen vergeet, wie weet... Als je bij de snorrende Godin-kachel zit, met je elleboog op het houten tafelblad, en je zo weinig mogelijk ademt, dan loopt ze je wel voorbij.

Monsieur Pergus, de cafébaas, poetst zijn toog tot slijtens toe. Hij heeft een passie voor meteorologie en kan er urenlang over tegen me praten. Ik hoor hem aan en vind hem niet idioter dan een ander. Soms, op momenten van grootsheid, wijst hij naar de oneindige westelijke hemel in de deuropening en dan maakt zelfs een cirrus hem poëtisch: 'Als ze zo plat zijn als nu, ziet u wel, denk ik altijd dat ze in de put zitten, maar nee, ze blazen zich weer op en bezorgen ons een schitterende zonsondergang, met alle tinten van een glas Juliénas...'

Als ik het café binnen kom, groeten de spelers me door plechtig hun petten op te lichten. Tegenwoordig maak ik deel uit van hun dagelijks leven, net als het vriendelijke gezicht van de slagersvrouw, de rauwe ochtendhoest, de eenogige hond die elke dag rond vijf uur tegen de kerkmuur plast en wiens achterlijf door de urine verkrampt, wat hem dan opeens angst aanjaagt zodat hij naar zijn baas rent, een oud-kapitein die al achter het schip van de kerk is verdwenen.

De baas brengt me een glas Sëckien en een asbak,

praat even met me en laat me met rust.

Ik leef in de stilte van Paule; als een afgestompte, tegen de grond geslagen vechtersbaas kijk ik naar het
glas gele wijn, ik houd de voet van het glas in mijn handen, het lijkt alsof ik aan het bidden ben. Pergus staat
weer achter zijn toog. Het klaverjassen bereikt een
hoogtepunt.

Jij zult ze nooit kennen, Paule, deze broze figuranten.
Daar moet ik mezelf van zien te overtuigen. Dit alles is
alleen van mij. Betekent dát het dat je er niet meer
bent? Dat je je hebt teruggetrokken uit het licht? De
cafédeur heeft een antieke deurknop, een deur*kruk*,
zoals jij altijd zei. Hij wacht op jouw hand, maar die zal
hem alleen maar in mijn nachtmerries beroeren. Ik
staar er langdurig naar. Jouw handpalm. Hoe zag die
eruit? Ik herinner me de lijnen van je huid niet meer.
Nu al niet meer...

De oude kaartspelers zitten hier terwijl ze je nooit
hebben gekend. Ze leven zonder te weten dat Paule
mooi en bemind was, dat ze de kont van een Maillol
had, een rijke lach, de tanden van een wild dier, de
buik van een capitool, dat ze mooi was, met een zijden
binnenste en de ogen van een zoekende slaapwande-
laarster die met gestrekte armen tegen een muur met
glasscherven erop leunt.

De vroegere slager, die Lamiral heet, zei gisteren
plompverloren: 'Ik ben van mijn vrouw gaan houden
toen ze dood was; toen ze nog leefde was ze *vermoei-*

end aanwezig.' Sirdaner, de taaiste van de drie, die voortdurend zonder reden 'Complimenten!' rondstrooit, fluisterde hem toe: 'Val meneer niet lastig met Clémence, zij was de honing en jij was het zwijn...' De derde kompaan, van wie ik alleen zijn ouderwetse voornaam ken – Amédée – liet zijn blik verdrinken in de hartenvrouw die hij streelde met zijn hand, en verzuchtte: 'Clémence...'

Het scheelt weinig of ik zou in al die dingen die ik op zulke momenten meemaak mysterieuze bakens zien, die *tekens* op mijn weg plaatsen. Ik zoek je cijfercombinatie, Paule. In jouw mysterie weg te kruipen is te blijven leven in jouw warmte.

'Als het gezelschap van een oude vrouw u niet tegenstaat, zou ik het prettig vinden als u zondag komt eten, dan maak ik bloedworst klaar, onze specialiteit!'

Op deze koude, lange novemberdagen had ik het hart niet madame Outsander teleur te stellen; ik verdenk haar ervan dat ze me naarmate ik langer onder haar dak verblijf steeds meer gaat beschouwen als een verloren zoon die met goed eten weer op het goede, of althans nuttige, pad gebracht kan worden.

Toch wil ik nog steeds het liefst snel weg. Ik ben zelfs al begonnen mijn koffer te pakken, de trui, de brieven. Een daarvan, geschreven tijdens haar eerste verblijf in het ziekenhuis, raakte me opnieuw:

'Die dag in Lochristi keek je zo verbaasd naar de bloemen dat ik dacht dat je er iets anders in zocht dan wat ze eigenlijk waren. Misschien was het daarom wel, om de blik waarmee je naar hun zon keek, om de zon die zich verloor in die bloemen-

naam zoals in het verhaal van Goudlokje, dat ik je
vertelde hoe ze heetten...'

Wat probeerde je me daarmee te vertellen, wat is het dat me nu, aan deze zijde van de woorden, nog steeds zo hevig raakt? Wordt mijn verdriet misschien ook groter en wanhopiger vanwege de herinnering aan het moment waarop je die zinnen schreef, ongeveer zoals je bij het drinken van een verre wijn denkt aan het mystieke leven van dode wijnboeren en de weelderige wijngaarden die nu braak liggen?

Ik liet de koffer liggen en daalde af naar het plein. Het was bijna twaalf uur 's middags en de kerkklokken schalden tegen de donkere hellingen van het dal. De kerk ging uit. Het voorplein zwol op van het geroezemoes van de gelovigen: voornamelijk vrouwen, zwarte muizen, broze spitsmuisjes met een perkamenten huid.

Toen herinnerde ik me enige zondagen van heel lang geleden, toen mijn moeder de stad bespotte: 'Kijk ze toch eens aan, die wijwaterkikkers die hun kut net zo hard dichtknijpen als hun portemonnee: er komt van alles uit, maar er komt nooit wat in! Kijk dan, snotjongen, kijk en leer hoe het leven is!', vervolgde mijn moeder terwijl ze me aan de hand meetrok – ik zal misschien zeven geweest zijn – en we het plein overstaken bij het uitgaan van de kerk. In de blikken van de kwezels lag het beroep van mijn moeder te lezen, ik las er de afkeer en de schande zonder die echt te begrijpen,

39

ik wist dat zij ons verachtelijk maakte. Soms sprak mijn moeder, een hoer die trots was een hoer te zijn, enkele vrouwen aan met opmerkingen die ik niet begreep – waar kende ze hen trouwens van, vroeg ik me af, want ze kwamen nooit op bezoek: 'Gerthe, probeer eens wijwater om de boerenkool van je man te genezen... en jij, Maria, neem die Franz maar weer terug! Ik heb zijn ballen in twee nachten geleegd, zorg ervoor dat hij weer op krachten komt en stuur hem dan opnieuw...! Och, juffrouw Bizoon! Nog steeds met volle schelp, juffrouw, ondanks uw veertig winters, hebt u misschien een boor nodig...? Ik groet u, vrome vrouwen zonder vrome kerels, en tot ziens! Kom!'

Achter hun zwarte sluiers waren de dames hevig geschokt, ze drukten zich tegen elkaar aan en mompelden ontzet. Wij liepen langs hen heen. Zonder twijfel hebben ze me tijdens de zondagse maaltijd beklaagd, op zijn minst tot aan de kaas.

Het plein voor de kerk van Feil was weer leeg. De koster, een echte onnozelaar, deed de dubbele kerkdeur dicht en floot onderwijl *Les roses blanches*. Hij had een dennengroene skimuts tot over zijn oren getrokken en was gekleed als een voetballer, met nummer 14 op zijn borst en een reclameslogan op de rug: *Maïskip of niets! Koop echte maïskip!*

De pastoor keek toe, lachend en roze. Een pastoor als uit een boek. In zijn vrome vreugde lag de belofte van gebraden gans, een karaf oude bourgogne en warme profiteroles die een verliefde oudgediende hem zonder mankeren zou opdienen.

Ik wilde niet met lege handen bij madame Outsander aankomen: de verkoopster van de banketbakkerij was een jong meisje van twintig met rood haar dat de namen van alle gebakjes in de etalage voor me opnoemde. Het leek wel een gedicht van Cendrars, zoals hij die schreef toen hij zo'n vreselijke honger had, in een met een ijslaag bedekt New York, een soort Novgorod van amandel: 'Roomsoezen, tompoezen, sachertorte, amandines, limoenmeringue, mokkataart, Parijse soezen, muffins, eclairs, puddingbroodjes...'

Ze zegde haar lesje op zonder gevoel en beet op haar jonge lippen. Ik durfde haar niet recht aan te kijken, niet lang genoeg om de ander te zien als een Jezus zonder lendendoek, haar écht aan te kijken zoals je dat doet bij een vrouw. Ik boog het hoofd voor haar prille schoonheid.

Achter mij bracht de stilte een ruistoon voort, en in mijn plotselinge gêne dacht ik Paule te horen, zonder evenwel het geluid van haar stem waar te nemen of zelfs maar de woorden waarvan ik wilde dat ze ze tegen me sprak.

Weer buiten kwam ik Lamiral tegen – de weduwnaar van Clémence – bij de sokkel van een zeer klassieke soldaat uit de Eerste Wereldoorlog die met een vlag zwaaide. We groetten elkaar, wisselden een paar woorden over niets, over dat het al zo vroeg koud was dit jaar, dat reumatiek zo vervelend is, dat zijn stomme schoonzoon iets nieuws meende te hebben bedacht door kalkoenvet aan worstjes toe te voegen, over het gebruik van een breukband en de klaverjaswedstrijd die diezelfde middag plaats zou vinden... 'Je kunt een kalf winnen, dat is niet niks, een heel, levend kalf, nou zeg! Pergus is gek aan het worden. Wat moet ik met een levend kalf? Maar dood zou nog erger zijn, vlees komt me de strot uit! Ik sta tegenwoordig op groente. Mijn dochter is er niet blij mee. En mijn schoonzoon al helemaal niet... Nou ja, het gaat om het spel... Om de dag door te komen... Goed, het is niet ideaal, maar de anderen rekenen op me, en het is een pracht van een team! We wisselen elkaar af, hebben we afgesproken, Amédée kan er niks van, maar als we hem niet mee laten doen, begint hij te *narren*... Maar ik moest er weer eens vandoor, goedemiddag!'

Drie koorknapen met de platte kanten kragen en geplooide pijen nog aan vlogen naar huis en lieten hun zolen tegen het wegdek slaan.

In huis was het zo warm als in een broodoven. Door de halfopen keukendeur ontsnapte de geur van uien. De diepe, zwarte braadpannen op het fornuis, de duivelse rook die madame Outsander gevangen hield in een knisperende nevel vol peterselie, de ruiten van het openslaande raam dat uitkeek op het sombere binnenplaatsje – op een paar details na zag het er precies zo uit als de keuken uit mijn vroegste jeugd.

Mijn hoerenmoeder poetste zowel stoepen als de huid van mannen op doorreis. Maar bij oma kroop ik, als ze neuriënd wentelteefjes of aardappelrasp stond klaar te maken, diep in de uitgezakte buik van een vieze fauteuil die zijn armen altijd naar me uitstrekte. Ik had een beetje koorts, ik was graag ziek, een beetje, en dan las ik breedsprakige verhalen over allerlei rampen, opgesmukt met goedkope kwajongens.

Oma was even goedhartig als lelijk. Om knoflook te snijden gebruikte ze een mes dat haast geen lemmet meer had. Haar handen waren zo ruw als rotsen waar de zee al duizenden jaren tegenaan beukt. Haar grijsgele haar leek onder de schildpadkam een glimmend slakkenhuis.

In het bed van mijn grootmoeder hoorde ik het zuchten van de fabriek, de stoom die aan hem ontsnapte en de woede waarmee hij zich de longen uit het lijf hijgde. Als mijn ogen dichtvielen, werd in mijn slaap de nacht verlicht door de scheepsluiken van dit enorme ingegraven schip met bindbalken en torens, de hijskranen als enorme insecten, de rubberachtige, weke lopende banden die de steenkool naar de afgrond van de hoogovens langs het water brachten, dat ongewone water dat naar het centrum van de wereld stroomde, dat verdween in de vlaktes van Duitsland, tussen de door Elfenvolk bewerkte hellingen en de klippen waarop blonde dames de wacht hielden, de middeleeuwse stadjes die door de een of andere muzikale betovering van hun inwoners waren beroofd, de giftige stinkende moerassen – uiteraard stonken ze – van de Karpaten, de koninkrijken van chocola en biscuit, de ondoordringbare taiga's en, waarom ook niet, de woestijnen van Siberië en Iskander, de Mongoolse steppen, alle gedroomde Korakorams en Himalaya's...

De arbeiders kwamen te voet of op de fiets uit de fabriek onder het geloei van de sirene, terwijl de afwateringsbuizen blauwe en grijze steenkool baarden. Met een tas van Schots linnen over de schouder, zo vermoeid als een heer die huiswaarts keert met een pijnlijke schouder en een met roet omrand oog. Als ik deze mannenzwerm zag, keek ik naar ieder van hen afzonderlijk en zei dan tegen mezelf dat zich onder hen, onder de knapsten van hen, onder degenen bij wie de vermoeidheid en het vuil een aureool hadden geweven om ze nog hoger boven het gros van de fabrieksprinsen, de vorsten van het grijs en de duisternis te verheffen – dat zich onder hen mijn vader bevond, in het grote waanbeeld van zijn afstand en anonimiteit...

Ik bezwoer mezelf dat ik ooit een van hen zou zijn.

Oma stierf toen ik negen was.

Madame Outsander had gekookt voor tien, maar we waren maar met ons tweeën. Ik schepte mezelf drie keer op van de bloedworst. Ze stond erop me alles uit te leggen over dit lokale gerecht: 'Je moet het binnenste van een witbrood drie dagen lang weken in lauwe melk met zout, een beetje peper, een sjalotje en twee takjes kervel. Dan de ui heel kort in de boter en alles voorzichtig door elkaar mengen met de achterkant van een lepel, en voor de rest is het een kwestie van aanvoelen en van ervaring. Als jonge vrouw heb ik het wel honderd keer aan de kat gevoerd. Mijn arme man heeft er nooit van mogen proeven... ik wil u niet in verlegenheid brengen, meneer, maar u lijkt zo ver weg... Feil is tegenwoordig maar een triest stadje, weet u. Het lijkt wel alsof alleen de rivier nog een beetje beweegt; voor de rest zijn we net zo dood als onze huizen. Er is hier geen vers bloed meer... Maar neemt u nog een stukje!'

Toen ik weer op mijn kamer was, boog ik me uit het raam om een sigaret te roken, mijn hoofd was zwaar van de grote maaltijd en het indrukwekkende glas perenlikeur dat er de vurige afsluiting van was geweest.

De nacht was gekomen en had een miezerige motregen gebracht. Aan de overkant van het plein, bij café Het Anker dat zojuist de lichten één voor één had gedoofd, sprak een gestalte met een alpinopet een kalfje toe dat hij meetrok aan een touw.

D e nog lauwe lijster in mijn hand wiebelde wat
met zijn nekje. Hij strekte een paar keer zijn
pootjes; toen verstijfden zijn klauwtjes en verloren zijn mauve oogjes opeens hun glans.

Ik had hem op de weg zien liggen. Dat vogels zo konden sterven, zonder tragische reden, heeft me altijd
dwarsgezeten.

Paule had niets van een vogel. Ik vond haar meer op
een otter lijken. Water en aarde, ronding en bont, glijden tussen varens en kiezelzand. Het rijk van het spel.

Op dat moment, bij het zien van de dode vogel, herinnerde ik me een scène uit een mooi boek waar Paule
me in onze laatste Gentse lente vaak uit had voorgele-
zen, zij languit op haar rug, ik met mijn hoofd op haar
buik, gewiegd door de branding van haar ingewanden,
het hameren van haar hart, met mijn ogen naar de hemel van het bed.

Het verhaal uit het boek speelde zich af ergens in
een winter in de vorige eeuw, diep in de Franse provin-
cie, guur en van alles afgesloten: een man lag zich

languit in de sneeuw te vervelen, en uit die verveling goot hij het bloed van een gans die hij net de nek had omgedraaid om zich heen. Ik geloof dat die man daarna zichzelf ombracht omdat hij niet kon verdragen te moeten leven met de gedachte dat hij ook best iets anders dan een gans had kunnen doden.

Ik legde de lijster onder drie stenen. De zon scheen zo stralend dat hij alle leed wegvaagde, en de kou was zo hevig dat hij het zou kunnen kristalliseren.

De weg begint direct na de brug. Misschien was het vroeger een jaagpad voor de aken. De kale takken van de notenbomen vormen bogen die elkaar boven het pad raken. Al heel lang volgen ze zo de grillige oever. Het water slaat tegen wortels en mossen, steelt hun kleuren en vervult ze met een ruisend, haast dierlijk geluid.

Feil ligt de andere kant op, binnen stembereik. Af en toe hoor ik het geluid van een zaag, het slaan van fietstassen met daarin de een of andere ijzeren schat, of ook wel het geïrriteerde gekraai van een haan die de domheid van zijn harem niet meer lijkt te kunnen verdragen, of een paar menselijke zinnen, zo vol leemtes als een zeekaart die is aangevreten door het zout en de ratten in het ruim.

De stad schurkt zich tegen de Maas, die hem met een ruime bocht omsluit, een waterig, vluchtig verbond rond een korte uitloper van zandsteen die niet is aangetast door de eeuwen of het wassende water.

Ik ben de wandeling gaan maken op aanraden van

Amédée, die me heeft verteld hoe mooi deze route was. Hij heeft er zich vorige week uiteindelijk bij neergelegd dat hij het kalf niet gewonnen heeft, 'door de schuld van die stomme Sirdaner die zo diep in het glaasje had gekeken dat hij een harten negen met een klaver zeven verwarde'. Het is niet iemand uit Feil die de prijs in de wacht heeft gesleept. Niemand kende hem trouwens, die 'kalverdief'. Hij vertrok te voet met het dier, god weet waar naartoe.

Paule is honderd dagen dood.

Paule, *is dood*, sinds honderd kleine dagen, sinds honderd eindeloze, verbijsterende dagen. Ik hoor praten over een meegenomen kalfje en ik laat me verleiden door de kleurschakeringen op het woelige water van de Maas en de verdoving die de andere stemmen en de eenvoudige verhalen veroorzaken.

Honderd dagen... Zonder het openlijk aan mezelf toe te geven wilde ik mijn wandeling iets van een bedevaart geven. Geen enkel graf bezoeken of álle graven die verzameld zijn in de liefdesherinnering van de begraven vrouwen en de mannen die hen nog steeds beminnen, als stof onder de dennennaalden en de grijze bladeren.

Ik liep tot aan de tweesprong waar de weg zich splitst: aan de ene kant een paadje dat alleen gebruikt wordt door vissers; aan weerszijden van een plooi pletten de voetstappen het hoge gras dat vrijwel onaangetast is door de eerste vorst. Zodra het de rietvelden bereikt wordt het kronkelig en verlegen, het aarzelt en brengt de wandelaar op een dwaalspoor; en verder weg, veel verder, als Feil allang is verdwenen achter de bochels van een leisteengroeve die als in een sprookje in slaap is gevallen, geeft het zich over aan duistere sparrenbossen; een andere wereld, verweesd van alle licht, waar de grond slechts met een randje oker is gekleurd, en waar op een schitterende namiddag niet meer dan een heel zwak ritselende paarse stralenkrans verschijnt. Dit is ondoordringbaar gebied; hier is de zon de indringer en verwacht ik bij elke stap de gebogen vreemdeling met zijn drietand en zijn zwartfluwelen masker te ontwaren, de angstaanjagende persoon met Venetiaanse trekken, de boodschapper van een altijd gewelddadige dood die in de diepte van ingewikkelde gotische romans woont.

Soms profiteert een zonnestraaltje van het feit dat de aandacht van de heerser over deze plek is verslapt en werpt het zijn blonde licht op de corolla's van de cantharellenlijkjes die dicht op elkaar gepakt staan op plekken waar hars is.

Als je bij de tweesprong linksaf slaat, kom je langs puinbergen aan de rand van de heuvels die lijken op morenen. Hei en brem voeren een schijnbaar bewegingsloze strijd. Schimmels verzachten de al te dikke rotsblokken. De bomen zijn niet veel hoger dan een mens, alsof de grond hun geen goed voedsel wil geven.

Op de top waait een wind die voor de tijd van het jaar obsceen lauw is, alsof een föhn hem milder maakt; en die wind leidde me naar Paule, toen ik er het minst op bedacht was, want het landschap was er een uur lang in geslaagd me af te leiden van mijn verdriet.

Wat hield ik veel van de wind op Paules mooie lichaam, die zich om haar heen drapeerde en haar in mijn handen legde, zo gevoelig en licht; de wind die altijd vreugde, een lach in haar ogen bracht, en ons liet kussen, naar hartenlust, op de mond; een zilte, onbestendige wind, een wind van steen, een wind zo heet dat de stof van haar jurk ervan ging gloeien – dat was op de hoge treden van het verlaten stadion van Aphrodisias, op de roze tumulus van Nemrud Dag, in het bootje in Dalyan dat tussen de Lycische tombes voer –, een wind in Turkije, maar ook een wind van dille, algen en kiel op de Baltische vlaktes, een wind van junimaanden in Vlaanderen, waar haar voor haar gezicht vallende haar blond en meidoorn vermengde.

En toen, in de grootse afwezigheid van Paule, bij de komst van die wind die niet op zijn plaats was, die met zijn zachtheid niet bij het jaargetijde en de omstandigheden paste, die haar niet meer kon omhullen en daarom grotesk was, toen zei ik tegen mezelf dat die wind ondanks alles als een hemel was, beloofd en verhoord, als een grenzeloze vervoering waar je je in zou willen storten omdat je zeker wist dat je er voor eeuwig op zou kunnen drijven.

Later, veel later, toen de schemering gevallen was, daalde ik via een steiler pad weer naar het stadje af, in gezelschap van de mist die zich over de Maasbedding verspreidde. Het was erg koud. De wind was gaan liggen, evenals mijn schandalige vreugde, en de door niets onderbouwde illusie dat ik iets had teruggevonden.

Mijn wandeling bracht veel vergeelde beelden boven. In mijn hart werd een modder-stroom aan slechte herinneringen losge-woeld die ik onmogelijk op de verouderde bladzijden van de Conquérant zou kunnen uitstorten, op het gevaar af dat ik pisbak en verdriet vermengde.

Ze waren er trouwens in overvloed, die hemelse kleurenprentjes, zoveel dat de avond er niet lang genoeg voor duurde. De nacht nam het over en bracht een stoet van grote dromen, van het soort dat in de onzekere uren van mijn leven steeds terugkomt met de vasthoudendheid van een beul.

Dus zag ik mijn moeder weer, ze zat op de rand van een bed en reeg haar laarsjes, met de benen wijd uit elkaar zodat je haar donkere geslacht duidelijk kon zien. De kamer was onopvallend: alles was er heel gewoontjes, het bed, de stoel, de kast. Mijn moeder rookte sigaretten met een gouden pijpje, Russische, meen ik; ze keek naar me zoals je naar een vergissing kijkt, naar een doodziek katje, naar een goot die door het straatwater wordt schoongespoeld.

'Dat ik jou gekregen heb... dat ik jou gekregen heb,' bleef ze maar zeggen. Af en toe verdween haar gezicht bijna helemaal in de rook van haar sigaret. Ik zat bij haar voeten, en plotseling, alsof ze uit een verdoving ontwaakte, boog ze zich naar me toe en gaf me een klap in het gezicht.

Onmiddellijk bloedden er woorden uit de muur die zichzelf op het beige behang schreven: een zin in trillende, vloeibare rode letters die zich slechts gedeeltelijk aan de vezels van het behangsel hechtten:

Wij allen bezitten, heel diep in het duister
van onze ziel, een stinkend abattoir.

In de droom herkende ik de zin, en de droom opende zich op een andere nacht, ditmaal een besneeuwde, ver weg, op een andere plaats in de geografie van de mens: de kamer moest het veld ruimen, evenals mijn moeder en de klap.

Nu zat ik met Jean Rabe, Nelly, de blonde Kraus en de moordenaar Zabel in een houten kroeg, we dronken wijn terwijl Parijs buiten verstijfde in de witheid. Ze praatten alsof ik niet bestond, en ik wist dat ze bijna allemaal gingen sterven, dat het fabelachtige toeval en het lot hen allemaal bij Frédéric hadden doen samenkomen.

Daarna werd alles mistig, ik hoorde Nelly opstaan, ze was eleganter dan mijn moeder ooit geweest was. In een paar stappen overbrugde ze tien jaar en een oorlog. Bij de garderobe lag het met kogels doorzeefde lichaam van Jean Rabe; dat van Kraus hing aan een haak. Op de toonbank stond in een biezen mandje het grote ronde hoofd van monsieur Zabel, de slager. Kijk eens aan, dacht ik in mijn droom, een slager, net als monsieur Lamiral. Het onthoofde hoofd glimlachte.

Nelly wendde zich tot de hond die achter haar aan liep: 'Kom, Ti Bob, we gaan!'

De foxterriër van Rabe ging op zijn achterpootjes staan en jankte...

Als ijsbloemen op een door de zon verwarmde ruit die verdwijnen als waterdruppels, zo vervloog het beeld, en ik bevond me weer in de slaapkamer waar mijn moeder haar laarsjes zat te rijgen.

De muren waren overgeverfd, het meubilair was niet veranderd. Op bed lag Paule, onvoldoende verlicht door twee fakkels en gekleed in een vuurrode jurk, haar handen gevouwen op de borst. Haar gezicht zag eruit als de gezichten van alle vrouwen die door de dood uit het leven zijn weggerukt – *onmenselijk* dus – en die dankzij de kunst naar een verre bocht in de tijd zijn vergleden, Ophelia zonder beek, de dode van Sint Lucas, de blanke, gladde Ysolde.

Ik schreide hete tranen in mijn slaap.

Toen ik 's morgens de zware luiken openduwde, waren de raven al op weg naar het oosten, in losse groepen, in een ongebruikelijke stilte.

Het stadje kon maar niet besluiten om er vaart achter te zetten. Het bleef hier, alsof het klem zat, op achterstand gezet door een verdriet of een verraad.

Ieder van ons draagt in zichzelf, in het diepst van zijn gedachten, een vulgair bijzonderheidje in zich mee dat hem in staat stelt om zijn dagen te eindigen in melancholie.

Nog een zin van Mac Orlan, nu niet uit *Quai des Brumes*, maar uit een ander boek, dat handelt over celibaat, een blonde Vlaamse dienstbode, de neger Léonard en zijn meester Jean Mullin. De letters dansten de horlepiep in mijn hoofd, en niet op de muren van de droomkamer. Maar eigenlijk kwam het op hetzelfde neer.

Ik kon niet uit bed komen. Om elf uur kwam madame Outsander me roepen, ongerust. Ik zei dat ik de vorige dag kou had gevat en in bed wilde blijven.

Iets later hoorde ik haar zware voetstappen op de trap en haar astmatische adem achter de deur. Ze klopte drie keer en ging toen weer naar beneden, net zo zwaar als ze naar boven was gekomen. Ik rook opeens de geur van uiterst sterke koffie en geroosterd brood. Ik ging weer liggen in de warmte en de herinnering aan soortgelijke momenten die we samen hadden beleefd, met koffie gemorst op het laken, kruimeltjes die prikten in mijn huid, Paules tong nog warm van de bittere drank, haar lippen die een bruin randje hadden gekregen en die nog naar boter en lauwwarm brood smaakten, matineuze omhelzingen waarbij de spieren van onze soepele lijven nog de overgave van de nacht hadden en de warmte van een heel klein pelsdiertje dat kalmeert als het in vers hooi wordt gezet.

Ik sloot mijn ogen, en zonder te slapen kon ik, ondanks de geluiden van het plein van Feil waar het zoals op elke donderdag markt was, in een schemerig half-bewustzijn een paar momenten van ons toverachtig samenzijn herbeleven, bij vlagen zo levensecht dat het gruwelijk was.

Omdat ik mijn doezelende gemijmer niet kon sturen, liet ik op deze jammerlijke ochtend de richting die het nam aan de wisselvalligheden van mijn geest over. Als een kwetsbare ballon dreef ik van de ene herinnering naar de volgende: Paule in bad in de flat in Gent, spelend als een kind met het water en de bubbels, Paule die vruchtenbier dronk en een zoet luxebroodje in de stoverij doopte – 'Waarom niet, ik heb overal zin in!' – op het terras van een café op de Markt in Brugge waar ik in haar hand kneep totdat het pijn deed, Paules gezicht, haar ogen dicht boven het mijne, haar lange haren tegen het paarse puntje van haar borst tijdens het wiegen van de liefde terwijl ze heel zachtjes bewoog, zij en ik samen in de eindeloze schede van haar buik... maar opeens staakten de beelden hun polonaise en er bleef één beeld hangen: Paule die een foto van mij neemt, die zegt hoe ik moet poseren, dat ik dichter bij het grote doek van Theo van Rysselberghe moet gaan staan, van de jonge meisjes die over een noordelijk strand lopen. Dat was aan het begin van onze laatste zomer. Dat was in feite gisteren.

De hele middag waren we in de koelte van het Koninklijk Museum in Brussel gebleven, te midden van het geroezemoes van de lachende, pratende mensen, we zwierven van zaal naar zaal en lieten de grote eeuwen die onder het patina lagen te sluimeren aan ons voorbijtrekken.

En toen we dichter bij het heden kwamen, was de kwetterende menigte opeens bedaard. Bij diagonale kruispunten of onder de vergulde steunpilaren van het paviljoen van Acteon was de mensenmassa haar samenhang kwijtgeraakt en uiteengevallen in kleine groepjes die door de naderende sluiting van het gebouw werden opgejaagd.

We waren een paar andere onrustige stellen tegengekomen die zich haastig bij het rumoer in de verte probeerden te voegen, en een oude man met zijn handen op de rug, die me stomverbaasd had aangekeken alsof ik een hoorn tussen de ogen droeg of een geel met groene huid had.

Ten slotte, in de betovering van de verdwazing – op deze door het lot bepaalde route vol kussen, liet ik me leiden door Paules blik, Paules hand, haar stem; dat was mijn kompas, mijn sextant, een hoekmeter van vlees, lach en adem –, hielden we stil bij het grote doek dat trilde van het opstuivende water.

Dit alles lijkt helemaal niet meer echt nu ik het in mijn schrift, mijn Conquérant, naar boven probeer te halen van de bodem van mijn dagen, met behulp van een paar woorden die nergens om gevraagd hebben. Ik zou bijna zo ver gaan om van Paule een derde figuur op het doek te maken. Ze zou er haar rol goed spelen: ik zou haar wat ruimte geven naast de juffers die hun door de zoute wind opwaaiende strohoeden met tulen linten vasthouden, een smalle plek tussen het wit van de crinoline, het blauw van de wolken, het roze van de wangen. Zo zou ik aan haar kunnen denken gedurende alle nachten die nog moesten komen en alle keren dat het moeilijk zou zijn, als een onbeweeglijke figuur in het kader van het schilderij, onder het vernis, omringd door geurige oliën.

Niet zo lang geleden was die foto, waar Paule overigens niet op staat, nog in mijn bezit. Zelfs haar schaduw was er niet op te zien; maar ik wist dat ze aan de andere kant stond en in mijn ogen werd ik de ongrijpbare weerschijn van de hare gewaar die mij het licht schonken, en ik hoorde haar stem weer die me vroeg om te poseren, iets naar rechts te draaien, het hoofd een beetje te buigen. Ik was zoals zij me had gezien, vanaf dezelfde plek die zij toen had ingenomen. Uiteindelijk wist ik mezelf ervan te overtuigen dat ik haar blik was.

In dit aarzelende begin van de volle zomer, op 22 juni, had ik tegen de avond, toen we na een wandeling door de vriendelijke straten van de wijk Sablon – met zijn grote antiekwinkels waarin enorme schilden van de Asmat rood met zwarte arabesken tekenden – weer op onze hotelkamer kwamen, Paules ijskoude voeten tegen mijn buik gelegd.

Maar in het middelpunt van haar lichaam, tussen haar dijen, haar ronde dijen, had ze zo'n intense warmte die mijn duisternis zo verlichtte dat ik de vreemde, zwakker wordende kou vergat die langzaam maar zeker, als een verslindende vloed, doelgericht als een meteoor die god weet waar vandaan komt, haar leven binnen drong, zonder dat wij er iets tegen konden uitrichten.

Wat had ik anders kunnen doen dan haar te beschouwen als een onaantastbaar relikwie, en haar daarmee – ondanks mezelf, ondanks haar – nog sneller in de wereld te storten van degenen van wie het vlees vergeten is, van wie de lichamen enkel nog in dienst staan van ziekte en niet meer van strelingen en kussen op de mond?

In het landschap van Paule, in haar gebied, haar pleisterplaatsen en halteplaatsen, in de routemap van haar leven, behoudt *La promenade* van Rysselberghe en die hele dag waarvan zij het kleurige middelpunt was, voor mij de schoonheid van een breuk, zoals levendige bergkammen van ijs een waterval die dronken is van het zonlicht, scheiden van een donkere rotswand.

Maar sindsdien heb ik geleerd wat lijden is, en uit lafheid dwing ik mezelf om dicht tegen haar aan te leven, en scherp te kijken of ze wegzakt in de slaap, wat niet waarschijnlijk is.

Ik deed mijn ogen weer open. De warmte van de lakens leek me opeens bedrieglijke schijn, een meelijwekkende, clowneske nabootsing. De koude koffie begon te stinken als braaksel. Hij was over de laatste bladzijden van de blauwe Conquérant gevallen. De dag was zo vettig en grauw als afwaswater.

Ik ben ervan overtuigd dat als ik was opgestaan – maar ik hoedde me er wel voor dat te doen – ik buiten een verlaten stad zou hebben aangetroffen, vol doden, allemaal doden, bosjes doden, doden die maar bleven doodgaan, die onder flarden wasgoed door liepen en in optocht de kolkende rivier weer in stapten.

Ik ben pas drie maanden in Feil en toch is de plaats me al vertrouwd. Maar achter zijn bedrieglijke bescheidenheid verbergt deze stad heel wat gebreken. Hij lijkt voorbestemd voor geheimen, als alchemie tenminste kan aarden in rommelige kronkelstraatjes, te hoge stoepen, of huizen die in een bepaalde straat allemaal identiek zijn.

Toen ik vanochtend de rue des Chalands in sloeg, om een muur terug te zien die me door de scheuren die erin zaten deed denken aan de steile kust van Zoosten, ontdekte ik een kapperszaak waar ik eerder alleen maar een doodse voorgevel gezien meende te hebben.

De ouderwetse etalage bevat talrijke geverniste aardewerken potten met geraniums die maar zelden water leken te krijgen, zodat ze verpieterd waren en de voorbijganger leken te smeken ze te begieten. De asparagus redt zich beter: die wordt niet beter behandeld, maar is kennelijk een minder veeleisende soort. Een feeënpompoen, een schotel kolokwinten – volgens de een vol pitten, voor de ander complex en darmzuiverend –, verouderde almanakken, een infanteriesabel en patroonboeken voor uiterst gewaagd, labyrintisch haakwerk houden de kwijnende bloempotten gezelschap.

Uit nieuwsgierigheid duwde ik de deur open. Een wakkere bel bracht een wereldje in beroering waar de geur van brillantine een droef boeket vormde met het alomtegenwoordige stof.

Even dacht ik dat ik alleen was; mijn ogen speurden door het halfdonker, maar troffen niets anders dan erg ruwe muren en geverfde meubels, van het soort dat werkloze boeren in de valleien in de Alpen 's winters in elkaar knutselen voor poppenhuizen.

Op de grond lagen kranten en wat zaagsel: de lokken wit haar leken er door een kattengevecht te zijn beland. Toen de deur dichtviel, schudde de vloer. Er sprong een geur op van toiletpoeder vermengd met de scherpe geur van een vonkenregen, als het hoefijzer van een paard wanneer zijn galop de granieten ondergrond laat afschilferen.

Uiteindelijk heb ik slechts gedeeltelijk zicht op de dingen die ik zie. Ik zie wat ik er wil zien. Soms denk ik dat ik alles droom: is het mijn verbeelding die in de fauteuil met de antimakassar het lichaam van een oude kapper heeft neergevleid? Hij lag te slapen met zijn mond een klein beetje open. Zijn slapen gingen langzaam op en neer. Zijn handen met de lange vingers zagen eruit als een archipel, lang en bruinig, als oud leer; ze rustten op de armleuningen.

Ik bleef lang naar hem kijken. Slaap maakt ons naakt. Je kunt nooit dichter bij iemand komen dan wanneer hij slaapt; alsof je met de brutaliteit van een boerenkinkel zijn onwetende intimiteit, zijn onschuld betreedt. Of de leugen van zijn intimiteit.

Als mijn moeder sliep en ik wakker naast haar lag, leek ze me tot liefde en zachtheid in staat, zoals een echte moeder, niet bevuild door al die mannen die haar kwamen neuken terwijl ik er vlakbij mijn huiswerk zat te maken in schriften die leken op mijn drie Conquérants. Ik zag enkel nog haar bleke voorhoofd, ogen vol vermoeide charme, zachte lippen...

De oude kapper verroerde zich niet. Zijn gezicht kwam me niet bekend voor. Toch telt de stad slechts zesduizend zielen, en ik denk dat ik de meeste mensen al wel van gezicht ken.

Ik rookte drie sigaretten. In de rook, die verdubbeld werd in de spiegel waarin het logo van een scheerapparatenmerk stond gegraveerd, dansten de mijmeringen over mijn moeder, haar lichaam en de glimlach die ik nooit had gezien, een opnieuw geconstrueerde kindertijd vol liefkozingen en woordjes die 's avonds in je oor worden gefluisterd als je ogen dicht gaan zitten van het slaapzand en de nacht als een grote deken over zijn merkwaardige continent valt.

Op de lage tafel lagen oude tijdschriften die vet waren van de klantenvingers. Er stonden gezichten op van prinsessen, hun glimlach vol gaten door de ballpointbehandeling van lollige kinderen.

De plaatjes toonden weer een andere kant van het leven, nog weer een, waarin de flarden van mijn jeugd, het verdriet om Paule, de dommelende kapper en de gedroomde goedheid van mijn moeder samenspanden om me nog dieper de put in te duwen en mijn laatst overgebleven overtuigingen te gronde te richten door ze onder mijn voeten weg te slaan.

Ik dacht opnieuw aan de kust van Zoosten, waar Paule zo had genoten toen ze de zee in rende terwijl boven haar vliegers naar de wolken opstegen.

Toen ik haar, doodsbang om haar te verliezen, ondanks mezelf tot voorzichtigheid maande, daar in het schuimende water, draaide ze zich lachend om: 'Kom liever ook hier, mooie strandzak van me! God slaat mij altijd over, hoor!'

En daar ging ze weer, met de jurk die strak over haar borsten zat als een lijn die haar vormen benadrukte, met haar prachtige achterwerk, de branding in, en ze tartte de zee, de schemering en het kwaad.

De oude kapper was gaan snurken, ik ging naar buiten. Ik had nog veel tijd voor me tot het borreluur met de onveranderlijke gentiaan – waar Paule zo dol op was geweest – waar ik mezelf tegenwoordig toe dwing, ter herinnering. Pergus heeft zijn voorraad van deze bittere drank er zelfs op aangepast, 'die is niet makkelijk te krijgen', als ik hem moet geloven, en hij heeft er een hele kist van ingeslagen, van het merk Bourbonnette. Mijn gril heeft bij hem niet tot het minste verwijt geleid, hij heeft zelfs geen vragen gesteld: 'Een cafébaas is een denkende drankkelder,' bekende hij me ooit met een grafstem, toen de melancholie hem plechtig had gemaakt.

De gedachte om een vol uur geduldig in Het Anker te moeten wachten, trok me niet. Dus zwierf ik maar wat door de straten, vermeed de weinige voorbijgangers en kwam – zonder het echt te willen, maar ook zonder het te vermijden – terecht bij het kerkhof dat aan de apsis van de kerk grenst en uitziet over boomgaarden die zich helemaal tot aan de oevers uitstrekken.

Ik ging er naar binnen. Ik had nooit gedacht dat ik erin zou slagen om het hek door te komen. Al sinds ik in Feil ben hou ik het in de gaten: ik bespied het, loop er op mijn wandelingen langs, draai het de rug toe en loop weer weg, voel zijn aanwezigheid als een deklaag over wat huilt en bloedt.

Het lijkt in niets op het kerkhof van Minelseen. Het is bijna een tuintje. Het scheelt weinig of je zou de enige twee grote graven in de vorm van kapelletjes voor gereedschapschuurtjes houden, vol schoppen, harken, een ovale kluwen henneptouw, strohoeden, een kruiwagen, stapels opbindstokjes, licht bevroren, gladde bruine papieren zakjes met zaden die de lange overwintering geduldig afwachten, verwarmd door het rozige licht van de kerkramen.

Ik ken dit soort plekken goed. Na de dood van mijn grootmoeder werd ik aan mijn lot overgelaten. We woonden tegenover het grootste kerkhof van de stad. Het was mijn oppas. Ik voelde me er op bekend terrein, en de doden hebben het me nooit kwalijk genomen dat ik een hoerenzoon was.

Elke dag legde ik de mooiste bloem die ik op het kerkhof kon vinden op oma's graf. Ik praatte tegen de stoffelijke overschotten, inspecteerde het knekelveld met wetenschappelijke blik en noteerde de verschillende botten met hun aantallen in een boekje met een spiraalband: '37 dijbenen, 19 scheenbenen, 73 wervels, 28 sleutelbenen' enzovoort. Ik sprak de namen van de overledenen uit en maakte de marmeren stenen die ik het mooist vond schoon, ik legde mijn oor tegen de monumenten om het geluid van de doden te horen en volgde de rouwstoeten die achter de door twee paarden getrokken koets met zilveren pluimen aan liepen.

Overigens kwam het weleens voor dat mijn hoeren-moeder er ook achteraanliep, op aanraden van Albert – een van haar pooiers; de meest opvallende, die vanwege zijn elegante houding en kleding *Albert de Aansteller* werd genoemd.

In tranen sloot ze zich aan bij de rouwstoet om zodra de kist onder de grond zat en de preek was afgelopen, het verdriet van de altijd aanwezige neven die nu eenmaal bij serieuze begrafenissen horen, te lenigen, als het al niet het verdriet van de weduwnaar zelf was, volkomen ondersteboven van de tranen, de frisse lucht, het zwart en de wierook.

Alles vond plaats op de bovenverdieping van het

café-restaurant bij het kerkhof. Het heette – zo bedenk je ze niet – De Eeuwige Terugkeer. De baas kreeg commissie voor de wip. In de overvolle zaal waar een geur hing van rook, natte voeten en adem vol knoflook en wijn, wachtte ik op haar, samen met Albert de Aansteller, die me altijd onderhield over *faschionable* en over de mondaine spreekkunst van Brummel, zonder zich iets aan te trekken van mijn leeftijd, en die altijd grenadine met kina voor me bestelde, waar ik nu nog steeds een zalige herinnering aan bewaar.

Dan kwam mijn moeder weer naar beneden, op grotere afstand dan op weg naar boven gevolgd door de rouwende van de dag, die nog steeds snotterde maar nu helemaal van de kaart was, met loshangende bretels en vol afgrijzen over wat hij gedaan had. Ze legde een paar bankbiljetten op tafel, stak haar tong naar me uit en noemde me 'snotjoch'.

'Ite missa est, redde caesari!' zei Albert de Aansteller als hij het geld pakte, en hij vervormde de taal van Juvenalis twee keer met zijn accent van Charleroi dat hij overdreven Brits wilde laten klinken.

De Latijnse formule die ik niet begreep, bevestigde in ieder geval voor mij, voorzover dat nog nodig was, dat deze geniale pooier die ik nooit heb kunnen haten – integendeel zelfs – een Babylonische talenkennis bezat. Daarna braken we op, na eerst nog een laatste groet aan het gezelschap te hebben gebracht, en met ons drieën gingen we de stad in om etalages te kijken: mijn moeder die zich kirrend tegen Alberts fiere ge-

68

stalte aan kronkelde, Albert zelf die keek of de plooi in zijn broek in een prince-de-gallesruit wel goed zat, en ikzelf, wankel en duf van de kina.

Op het kerkhof van Feil staan geen pompeuze monumenten zoals ik die als kind zo vaak heb gezien en die ik 'paleizen voor liggende rijken' noemde.

Hier vind je alleen sobere, bescheiden stenen, en in een hoek, een beetje achteraf, een stel rechtopstaande stenen met Moorse vormen die gedenken dat acht mohammedaanse Senegalese infanteristen in 1917 gesneuveld zijn in de bossen van Waels, die beginnen bij de stad en zich uitstrekken tot aan de grens.

In het laaggelegen gedeelte van het kerkhof ligt een groot, vierkant stuk grond, waar de graven niet meer dan ophogingen van aarde zijn. Dat is het gedeelte voor de allerarmsten, de wijk van de verwaarloosden. Vlak bij de versleten kruizen groeien twijgen uit begroeide oneffenheden in de grond, als in een perk in een moestuin. Leisteen markeert de omtrekken van de graven, als het geen sponzig geworden grenen planken zijn; voor één graf geen planken of leisteen, maar een hele rij omgekeerde bierblikjes, zorgvuldig en netjes gerangschikt. Watergroene weerspiegelingen. Ter herinnering aan een drinker.

Allerheiligen is allang voorbij, maar de potten met chrysanten staan er nog, vergeten door verre familie die maar tweemaal per jaar komt. De bloemen zijn verkleurd door de regenbuien en de rijp. Het is niet meer te zien of ze rood waren, of roze, paars, gebroken wit als koolbloemen, of roestbruin, of geel, zo geel als... De kou heeft de tinten doen vervagen, heeft ze op de vlucht gejaagd, om plaats te maken voor een camee van grijs, maar de bloemen hebben hun blaadjes nog, even bros en sierlijk als de kleine afgewaaide bladeren erboven.

In Minelseen heb ik Paule in de aarde achtergelaten, ik wilde toen geen marmeren aankleding kiezen, of zelfs maar bloemen. Dat kon ik toen niet. De gele bloemen van Lochristi waren de bloemen van Paules leven, van haar eerste glimlach, haar eerste woorden. Die wilde ik niet bij haar dood, want dat was verraad aan haar, dan had ik die breekbare zonnetjes gebruikt om een grote leugen te creëren die me valse hoop zou hebben gegeven, de leugenachtige zekerheid dat ze terug zou keren.

De anderen begrepen dat niet, maar dat interesseert me geen moer.

Toen ik over het kerkhof liep, vond ik uiteindelijk het graf van de Lamirals. Op de witte steen waarin fossiele schelpen een soort kanten kraag tekenen, staan ouderwetse voornamen: Idulphe, Angée, Émaline, Coriolis, en oude data die al deze doden terugbrachten naar de – voor mij literaire – epische tijdperken van Napoleon en exotische revoluties.

De voornaam van de vrouw van monsieur Lamiral, Clémence, is de laatste in een lange rij. Hij volgt op die van een kind van zeventien maanden, een van de onnozele kinderen; de foto onder het email is verdwenen, uitgewist door het licht van alle jaargetijden.

'Familie?' Ik draaide me bruusk om, maar ik zag niemand. 'Familie?' herhaalde de stem, luider nu. Een paar meter verderop stak het bovenlichaam van een man uit een kuil. 'Familie van u, de Lamirals...? Niet...? O, nou ja, ik bedoel maar!' Hij klom uit het gat en liep op me toe. 'Wat is het koud...! Ik stop ermee. De grond is volkomen bevroren. Je zou er je schop op breken, of je armen! Mijn naam is Maltoorp, grafdelver, tot uw dienst.'

Ik herkende degene die me de eerste dag het huis van madame Outsander had gewezen.

Hij zat van top tot teen onder de koude, bruine aarde, alsof hij zich door het graf had gewenteld dat hij aan het graven was, en toen ik de hand schudde die hij naar me uitstak, bleef er iets van die aarde in mijn handpalm achter.

Fluitend draaide hij een shagje, wees met zijn kin op de kuil en vervolgde: 'Dat kan wachten, Maltoorp graaft vooruit, snapt u, dan is hij altijd op tijd. Vooral omdat er dit jaar bijna niemand doodgaat, die oudjes willen niet weg! Dan moet ik toch wat omhanden hebben. Kijk, ik heb er al twaalf gedaan, een grote, een middelgrote, een brede voor een erg dik persoon, een nauwe voor een dun iemand... Ach, mijn god, een mens moet toch bezig zijn, alleen niet doldraaien, als u begrijpt wat ik bedoel...! Meneer pastoor vindt het niet zo prettig dat ik vooruit werk, maar die heeft makkelijk praten... Die hoeft niet te graven! Die zwaait twee keer met de wijkwast en plengt drie keer wat wijwater, dat kost nog geen twee minuten; maar een mooie kuil, een diepe, nette kuil, dat is een hele dag werken, en in dit jaargetijde eerder twee dan één...! "U roept nog ongeluk over ons af, mijn beste Maltoorp, met uw vooraf gemaakte graven," zegt hij vaak tegen me, meneer pastoor dus... maar ondertussen, toen drie jaar geleden de vijf jongens van de tabakszaak met hun boot verdronken, was hij maar wat blij dat ik vooruit gewerkt had, zeker weten! Denkt u zich eens in: in één klap vijf jongens – broers – tussen de zes en de zeventien, en tot overmaat van ramp konden we de moeder tien dagen later ook begraven... ze had zich verhangen in de kelder! Ik heb haar naast haar kinderen gelegd, op een mooi plekje waar de aarde goed werkt, ik zag dat er ongeveer tien jaar later niks meer van over zou zijn, nog geen schedel... terwijl de schedel toch... mooie, werkende grond, schoon en actief, dat heb je niet overal! O nee, meneer, geloof me... Als u wilt, kan ik u graven laten zien – alsof ze liggen te wachten na een epidemie!'

Ik bedankte beleefd, maar een glas goedkope rode wijn kon ik niet weigeren. Terwijl ik een grote slok van de ijskoude wijn nam, zwaar en niet echt smerig, stierenbloed, voelde ik dat de grafdelver me vanuit zijn ooghoek aankeek, scherp, tot in mijn ziel.

Terwijl hij me naar het hek begeleidde, bleef hij maar praten, maar ik luisterde niet meer: ik zag het melancholieke gezicht van de dikke eigenaar van de tabakszaak die me op de dag van aankomst de Conquérants en de toeristengids had verkocht. Ik stelde me voor hoe hij in het lijkenhuis voor al die doorweekte, blauwe lichamen had gestaan. Ik hoorde zijn verbijstering en het gebrul van zijn vrouw, de begrafenis, de lange dagen vol stilte, hij tegenover haar, en dan op een morgen of misschien op een avond, de trap af naar de kelder, het lichaam dat wordt losgeknoopt. En dan weer al die ochtenden, al die nachten.

Bij mijn zesde gentiaan kon ik het eindelijk opbrengen om naar de tabakswinkel te kijken; ik stond tegen de deur van Het Anker geleund met in mijn rug een loeiende Godin-kachel die volledig was gevuld. Achter de drukke etalage vermoedde ik het trage, dikke silhouet van de winkelier, die achter zijn toonbank zat met de handen tegen zijn slapen.

De kerkklok sloeg – maar hoe vaak? Het meisje van de banketbakkerij stak op een zwarte fiets het plein over, in een magische stilte waarvan de poëtische vreemdheid nog vergroot werd door de recente herinnering aan de nog natrillende klokslagen. Door het loshangende haar dat achter haar aan zwierde, kreeg ze in mijn dronken geest iets van een van die schaarse kometen die soms de duisternis van het heelal doorklieven en er gracieuze schakeringen in aanbrengen, als goudwassers.

Ik had te veel gedronken. Ik krabbelde gezichten en bootjes in de Conquérant, de bruine.

December is bijna voorbij. Het landschap is vandaag gekrompen en de wereld komt een paar stappen voorbij het huis van madame Outsander ten einde in een wirwar van vormen en lijnen die de blik nauwelijks kan volgen. Het plein met de linden is ingenomen door mist vermengd met rijp. De ontbladerde bomen lijken nog kaler dan anders en als ik naar ze kijk, voel ik opnieuw de angst uit mijn vroegste kinderjaren dat ik vermoedelijk wel in de steek zal worden gelaten.

Madame Outsander had me gewaarschuwd: 'In de winter *vervreemdt* de mist je hier soms een paar dagen. Niets aan te doen, er valt niet tegen te vechten; trouwens, ik probeer het niet eens. Waarom zou ik? U zult zien hoe vreemd het is, meneer: de stad bestaat niet meer, hoe moet ik het zeggen? Die is... vertrokken. Alsof je als je naar buiten kijkt, in jezelf belandt. Neem me niet kwalijk, ik verveel u met die onzin.'

Ik schrijf Paules naam op de bewasemde ruit. Soms doemt er uit de mist een zwevende vorm op die plotseling mens wordt – een oude man die leunt op zijn stok, een huppelend schoolkind – en dan meteen weer verdwijnt alsof er nooit iets geweest is.

Uiteindelijk moet ik wel naar buiten, om persoonlijk het bedrieglijke wit te betreden dat de horizon tot een attribuut van een goochelaar reduceerde.

Ik voel Paule tegen mijn huid. Ze laat haar kaneelhanden en haar lippen over mijn flanken glijden. Haar geur zit nog in haar trui, zo overtuig ik mezelf. Mijn ogen herinneren zich de stralende witheid van haar tanden, mijn huid voelt nog de zachtheid van haar handen op mijn hals en mijn wangen.

In de mist hoor ik haar stappen op me af komen, steeds weer, zonder dat ze me ooit bereikt. In het binnenste van deze aardwolk hangen grote stiltes. Zelfs de rivier, de gezwollen, bleke, woelige winter-Maas, waarin af en toe takken vallen die van de wilgen langs de oevers afbreken – zelfs de Maas stroomt in ijzige stilte weg onder de ijzeren brug. De mist wiegt hem in zijn rivierenslaap, en alles wordt gepeins.

Ik steek een sigaret op.

De tabaksrook vermengt zich met de mist. Onder de brug boren een paar palen zich in de stroom. Zoetwaterschelpen op het doorweekte hout vormen families in zwarte banden: vader, moeder, de kinderen nauwelijks groter dan tuinbonen. Plotseling valt er een druppel ijswater op mijn wang. Hij dompelt me onder in minuten uit het verleden en slaagt erin om een daarvan heel precies op te roepen, met een bittere overvloed aan details: 'Denk je soms dat je een kleine Marcel bent?' vraagt mijn moeder me op een avond, als ze me een rake klap geeft als ik haar om een kus vraag en haar daarvoor heb gestoord tijdens de nevelige preludes met een klant van wie de kleding en de afhangende ogen me doen denken aan Stan Laurel.

Van Proust kende ze alleen de voornaam en een paar goedkope beelden waar mensen die zijn werk nooit zullen lezen en die van hun leven geen weet zullen hebben van de schone geografie van een roman, zich aan vastklampen.

Mijn moeder droeg die dag een onderjurk van grijs satijn die haar borsten en benen nauwelijks bedekte. Grijs satijn... hetzelfde grijs, echt precies hetzelfde, tot in de achterbakse reflectie, als de Maas die nu laat zien, kolkend en bulderend onder de brug.

De verkleumde rivier smeedt herinneringen zodat andere beter kunnen verdrinken. Wat zijn mijn verwarring en verdriet waard als je ze daartegen afzet?

Ik liep weer omhoog naar huis. Dat is een baken voor mij geworden. Het voelt alsof ik er al heel lang woon. De keuken knetterde van de warme behaaglijkheid van het fornuis. Er hing een andere mist, van warme vruchten en sissende olie.

'Kom eens! Kijk, perenbeignets... Dat past wel bij dit weer!'

Madame Outsander kwam de gang in met in haar handen een grote aarden schaal vol beignets. Haar vriendelijke bruine ogen keken in mijn ziel.

'Kükenpfel, zo noemen we ze hier!'

Toen dacht ik aan het gezicht van het roodharige meisje en aan het ongewilde gedicht dat ze me die dag zonder het te weten in de banketbakkerij had geschonken. Ik vroeg me af of de huid van haar dijen naar vruchten zou ruiken als je er je lippen op drukte. De vraag maakte me misselijk, en het beeld nog meer. Ik deed mijn ogen dicht, en in de plotselinge duisternis kwam Paule naar me toe, ongelooflijk langzaam, schaars gekleed in een trui die ze over haar naakte benen trok, het haar verward, ze glimlachte samenzweerderig met haar witte tanden.

Madame Outsander had me een stoel gegeven; ik had er niets van gemerkt. Toen ik weer bij mijn positieven kwam, in de zitkamer, zag ik de dikke roze pastoor tegenover me, met bolle wangen van het kauwen en twee met poedersuiker bestoven beignets in zijn handen. Ongegeneerd had hij een grote handdoek met honingraatmotief om zijn nek geknoopt en hij groette me met volle mond, knikte zoals heiligen op kleuterscholen dat doen, als je er een muntje in werpt en ze beginnen te knikken.

'Meneer pastoor is gekomen om me de biecht af te nemen,' zei madame Outsander.

'En zie wat er gebeurt, nu bega ík een zonde!' schaterde hij, terwijl de olie van zijn vingers droop. 'O, die bloedarmoede,' hernam de kenner van de ziel, 'zorg goed voor uzelf en eet voldoende, dan krijgt u geen flauwtes!'

Ik probeerde te bedenken wat de zonden van mijn hospita wel konden zijn. Het bracht me op die van mij, de ongelovige, die constant door het heilige wordt geslagen, die zich opbouwt en afbreekt in de cultus van Paule, een vage godsdienst die meent dat ze tot in alle eeuwigheid met een stralend aureool in de schaduw van eucalyptusbomen ligt te sluimeren in een raamwerk van diamanten.

'Proeft u dat eens, mijn beste meneer, madame Outsander is de duivel, een heilige zou met genoegen naar de hel gaan voor haar kookkunst...'

Mechanisch deed ik mijn mond open, de herinnering van een koorknaap, en de pastoor van Feil reikte me de communie uit in de vorm van een dikke gouden beignet.

D e grond is geen moment vorstvrij, en dat nu al twee weken lang. Madame Outsander ging na de kerst bij een van haar nichten in Froosen logeren, en voor haar vertrek overlaadde ze me met adviezen: 'Ga gerust uw gang, u kunt de keuken zoveel gebruiken als u wilt, pak maar uit de kelder waar u zin in hebt, ik geloof dat er nog wijn is, gebruik zo veel hout als u wilt, blijf gezond...'

Ik sliep uren achter elkaar, raakte op drift in een slaap zo diep als de mergel, verwarmde me bij het grote haardvuur in de salon, rookte en ging bijna elke dag kleine glaasjes drinken in Het Anker, dat momenteel veel weg heeft van het etablissement van Niquet waar Nerval over schreef. 's Nachts keer ik terug naar Paule.

Een kleine roman die ik lang geleden koortsachtig had aangeschaft vanwege het omslag waar een van de meest geheimzinnige schilderijen van Monsu Desiderio op staat afgebeeld, zit altijd in mijn zak. Ik ben niet verder gekomen dan bladzijde tien. Ik heb geen zin meer in fabels. Het café is me genoeg. De geur van de met bleekwater geschrobde houten vloer en de wanden vol bruine affiches met daarop de dansende namen van boksers die vast allang overleden zijn, vormen een goede springplank voor mijn dagdromerij.

Boven de bar dagen drie dof geworden bekers en een paar portretten van grootmeesters van deze nobele kunst de drinkebroers uit: in de aanvalshouding en met hun hoofd scheef, afgebogen van de as van het lichaam, met een zo duister mogelijke blik en met een krans van bloed- en zweetdruppels op het voorhoofd staan de kampioenen in satijnen korte broek na de laatste gongslag tot in de eeuwigheid te dommelen.

Ik ga zelf naar de schuur, haal hout, hak het soms in stukken en vul er de Godin-kachel mee. Van de twaalf liter Bourbonnette zijn er nog vier over. In mijn dronkenschap denk ik tegen zes uur 's avonds vaak dat ik een gentiaan ben.

Het café is leeg. De stamgasten zijn naar een feest. Amédée en Sirdaner zijn nog steeds boos over die geschiedenis met het kalf. Pergus is er niet blij mee: 'Nooit meer een kalf, volgend jaar wordt het een pannenset, daar komt tenminste geen gedoe van!'

Lamiral heeft niemand om mee te klaverjassen, en doodongelukkig vertelt hij dus maar over de eendaagse winkelreizen waar hij van terugkeert met elektrische dekens en voetmassage-apparaten, en over thé dansants waar hij kennelijk animeermeisjes ontmoet die uitsluitend op zijn pensioentje uit zijn.

Pergus laat me heerlijk met rust. Ik ben een beetje

thuis. Terwijl ik de rondes van een denkbeeldig gevecht zich één voor één laat ontrollen en in het rumoer van de feestavond geregeld op de gong sla, prevelt hij als een oude rabbijn de tekst van overlijdensadvertenties en het weerbericht uit de *Ardennais républicain*. Soms onderbreekt hij zijn melopee met een ouderwets 'verhip', of, maar dat is zeldzamer, versterkt hij zijn litanie met een zacht, waarderend gefluit dat klinkt als een volksliedje.

Op tafel staat mijn glas geduldig te wachten, het hout heeft al ettelijke onvergetelijke avonturen achter de rug waarvan het de littekens eerbiedig bewaart: er staan met zakmes gekerfde, onhandige harten met initialen in en de zielen van glazen en flessen hebben er als geesten heilige aureolen van avonden vol drankzucht of woede op achtergelaten. Het is een grote landstreek, teruggebracht tot een tafelblad, een tafelblad met lak en vetvlekken die zijn akkers, zijn geploegde velden en zijn vlaktes op vier eikenhouten poten laat rusten. Een middag is niet genoeg om alles te bestuderen of langs te gaan, of om er zelfs maar vluchtig naar te kijken, ondanks het gemak en het inzicht dat flessen riesling en tokayer en slokken Bourbonnette verschaffen. Je kunt er de valleien volgen, met de achterkant van je wijsvinger het zand van de Kalahari aanraken of, als je dat liever doet, eindeloos mijmeren zoals een benevelde geest dat doet bij het zien van de vertakkingen van dode riviertjes waarvan ik de stroom volgde terwijl ik droomde over hun beddingen.

Maar dit alles is slechts een armzalige afleidings-manoeuvre. Altijd als ik er het minst op verdacht ben, word ik ingehaald door een bitter beeld. In het goud van de uitgeschonken wijn zijn mij als in een flits jouw lippen weer verschenen, mijn Paule uit Zeebrugge, terwijl ik dacht dat je ver weg was in je zaligheid... De eerste keer dat je lippen de mijne de angst aanjoegen dat ze ze ooit niet meer zouden kennen, dat er een enorme afstand zou ontstaan: toen had dat nog geen betekenis; waarom moest ik er die keer dan toch zo sterk aan denken? Bij de eerste zoen was mijn hart al als dat van een vogeltje, het bonkte zo paniekerig dat mijn borst een afgrijselijke spelonk leek te worden.

Mijn vinger verspreidt de wijn over het houten tafel-blad, het goud verdwijnt. Met pijn in het hart herbe-leef ik de spanne van die prachtige eeuwen, die onze adem warmte gaf in de vluchtige verstrooiing van de paar seconden van de eerste kus, precies in het cen-trum, het absolute middelpunt van het grote wonder dat uit jou geboren werd in een hernieuwde openba-ring van lijf en geuren.

Animula blandula vagula

Dit om voor mezelf te herhalen dat ik niet de eerste mens ben.

Maar dat weten we al, en ik vul de donkerbruine Conquérant met een hele stapel ongepaste zinnen waar kop noch staart aan zit, praatjes voor de vaak, driestuiverversjes, dronkemanstaal om mijn liefde voor Paule en mijn verdriet mee uit te drukken, iets wat me nooit lukt.

Soms ziet Pergus me schrijven en begint hij over kruiswoordpuzzels; dan denken we samen na over hermetische definities die ons langs de oevers van rivieren van twee letters naar steden vol medeklinkers voeren. Dat is niet dwazer dan iets anders; niet gekker dan dat ik woorden dwing mijn rouw te verwerken en tot uitdrukking te brengen, dat ik van ze verlang dat ze doen wat ik zelf niet wil of kan.

Omdat ik steeds maar op mijn slaapkamer zit, begin ik te prakkiseren. Madame Outsander is nog steeds niet terug. Er klinkt geen enkel geluid in huis, geen blèrende radio. Ik weet niet precies welke dag het is. Weet nog maar net de maand: januari.

Ik ben opgehouden met dat onverdraaglijke tellen. Wat heeft het ook voor nut... Paule is dood. Nu weet ik het. Nu weet ik wat dat écht betekent. Daar kunnen die paar dagen die voorbij zijn, die vele dagen die voorbij zijn, de cijfers, de tientallen, de honderdtallen, niets aan veranderen.

Slaapkamers doen me altijd aan mijn moeder denken. Deze dus ook. Ik, die dromerig naar de fabriek keek, en naar de arbeiders die eruit kwamen, had nooit kunnen denken dat ik nog eens elke dag van mijn volwassen leven van zo nabij de fabriek van mijn moeder – de slaapkamer – en een van haar attributen – het bed – zou leren kennen.

Ik heb me lange tijd afgevraagd wat al die ongeschoren heren, meestal in werkbroek en overhemd met grote ruiten, tussen de dijen van mijn moeder kwamen zoeken, en wat ze zo liet kreunen en steunen, en bij hun vertrek liet fluiten. Bij aankomst gaven ze me dikwijls een tikje tegen de wang, of ze aaiden me over mijn bol en spraken een paar woorden tegen me: ik was het hondje op de overloop, ze gaven me een snoepje, een doosje lucifers of – ik was immers een hoerenjong – een paar koperen muntjes.

Al die mannen hadden geuren die bij het schrijven van deze regels mijn neus weer te binnen schieten: de geur van motorolie, oude smeerolie, zweet vermengd met dampend, geroosterd brood, de geur van bloed waar een worstenmaker niet vanaf kon komen, van drukinkt, van afgesneden bloemstengels die iets te lang in het water van een vaas hebben gestaan.

Als ze weer uit de flat kwamen, hadden sommigen nog dezelfde geur, maar ze hadden er allemaal een geur bij gekregen, die van mijn moeder, die ik herkend zou hebben tussen de uitwaseming van duizend paardenlijken, en ik kon maar niet begrijpen hoe zij in zo'n korte tijd aan al die mannen die ze nauwelijks kende de geur had kunnen geven die voor mij een verlengstuk van haar charme was, van haar vluchtige, geheime persoonlijkheid, de sleep van haar bruidsjapon, de geur die ze mij altijd onthield.

Eigenlijk is dat grote mysterie er de oorzaak van dat ik op een avond ben vertrokken met een opgelapte rugzak van beige linnen, een paar boeken en de harde wind die grote wolken met zich meevoerde. Toen ik daar zo voortrende over de weg naar Gent, waarvan ik de torenspitsen en de daken in de schemering aan de bleke horizon kon ontwaren, voelde ik me alsof ik het heelal betrad.

Ze zeggen altijd dat je het gezicht van je eerste meisje nooit vergeet. Wat mij betreft: ik herinner me zelfs haar lichaam of haar ogen niet meer, zo veel walging voelde ik, want dankzij haar begreep ik opeens wat mijn moeder voor werk deed. Ook de gezichten van de andere meisjes weet ik niet meer; het waren er vrij veel, ik pikte ze tegen de ochtend op in uitgebluste cafés, verwarde stationshallen die zelfs door de treinen niet meer herkend werden: allemaal lichamen waarin ik me verloor met in mijn geest de angstaanjagende gedachte aan incest.

Toen kwam Paule, in de tuinen van Lochristi, tussen de gele schubkamille. Paule kwam, jaren later, om vergetelheid uit te strooien over dit alles, over de droesem en de modder, Paule die de waarheid was en de verzachtende balsem.

In haar ogen *die me niet altijd hadden gekend*, lag mijn andere jeugd. Ze leerde me wat een vrouw kan geven als ze in de man het stralende van haar leven en de komst van de vreugde legt. In haar handen kwam alles tot rust. Als ik in haar was, in haar zachte warmte, was het alsof er om ons heen werelden instortten met grote vuren onder de gouden hemelboog, en er onderwijl brandende armada's naar de schouder van Orion zonken, die al hun zijden schepen in sneeuwgevechten stortten. Anders kan ik het genot niet beschrijven.

Paule vrijde zo zacht als een heilige, zoals de maagd Maria het in het blonde koren van de graanschuren van Judea moet hebben gedaan. In hun ogen lag goedheid en in hun liefde school hetzelfde vuur, blikken die de ander doorboren tot in het diepst van de waarheid, opeengeklemde lippen, ferm en lichtjes trillend, en adem, warme adem, en dijen die flanken omklemmen, en fijne zweetdruppeltjes op het voorhoofd die het haar natmaken en het schitterende roze van de wangen verzachten...

'Visje, klein visje,' mompelde Paule als ze het over mijn lid had dat nog wel in haar was, maar verschrompeld, gesmolten, teruggebracht tot een komisch kinderduimpje dat verdwaald was in een windroos, een schateiland waar nog nooit iemand was geweest.

Paule, ik zou ook nog van je houden als je lelijk werd, verlept door de jaren, de klappen van het leven en de haat waaronder men bedolven wordt. Met je haren wit, een uitgedroogde huid vol pigmentvlekken, slappe, weke borsten, een lappen buik en een hangkont. Op hoge leeftijd zouden je vergeetachtigheid, je wankele tred en je broze botten me ontroeren.

Maar van Paule kan ik me de veroudering alleen maar inbeelden, en altijd weer zal de glorie van haar dertig jaren de overhand krijgen: zoals ze in Zoosten de zee tegemoet rende met de woorden: 'Kom je, mooie strandzak van me?'

En haar lach, die levendig blijft en mijn dagelijks leven met afgrijzen kleurt, in tegenstelling tot haar gezicht, dat me in de loop van de tijd ontglipt, net als mijn o zo banale verdriet.

Zoals op veel plaatsen in de Ardennen passen de bossen rond Feil goed op hun geheimen en legendes. Ook daardoor raakt deze streek me: ik wil me later alles ook zo goed herinneren, en het feit dat ik hier woon houdt de hoop levend dat ik dit van ze zal overnemen.

Toen madame Outsander terugkwam van haar uitje had ze het een paar avonden lang over de Rots der Tranen, waarover ik al in mijn oude reisgids had gelezen. Ik was verbaasd hoeveel belangstelling die in me wekte. Al heel lang interesseerde niets in mij zich nog voor nieuwe ontdekkingen. Toch dook de naam van deze plek – en vooral de bizarre, ontroerde, bijna broze toon waarop de oude dame hem uitsprak – in mijn dromen op, en wekte er iets wat op nieuwsgierigheid leek.

De winter loopt ten einde. Tegen twaalf uur 's middags hult een nogal breekbare zon, verschoten en verkleumd door de recente ijsregens van februari, de bergtoppen steeds vaker in een gele nevel. De Maas is gezwollen door ijsblokken in allerlei excentrieke vormen, die nu elke dag in omvang afnemen. Stroom-opwaarts, in de richting van het land van Lotharingen, is het snerpend koud geweest, zegt men. In het café wordt gesproken over sluizen die gebarsten zijn van de kou, rivieraken met gebutste stevens die langs de oevers liggen te wachten op een droge kiel en de plaatwerker.

Er wordt weer geklaverjast: de mannen hebben hun ruzie bijgelegd, en om dat te vieren biedt Sirdaner ons gul een flink stuk in de kraag aan. Na zestien halve-literflesjes muscadet gingen Amédée en Lamiral rond middernacht stijf gearmd naar buiten voor een zwijgende wals op het plein. Lamirals schoonzoon, de slager, kwam hem even later ophalen en trok hem mee aan de stof van zijn broek ('schamen jullie je niet, op jullie leeftijd!'). Wat mij betreft, ik meen me te herinneren dat ik wrakkige verzen ging voordragen aan de sterren. Sirdaner lag op een tafel in de kroeg met Pergus naast zich, die vanwege zijn zwakke gezondheid alleen maar amandelmelk had gedronken, maar, zo verzekerde hij ons: 'In mijn hart ben ik bij jullie.'

Feil schudt zijn karkas van steen en dakpannen uit. Oude mannen, gebogen onder het gewicht van schoppen en harken, zijn op weg naar moestuinen waar bruin geworden prei zijn kleverige haardos tentoonspreidt naast dikke, half vergane kool. Op tien of twintig verschillende plaatsen stijgen in de namiddaglucht blauwe kronkelende pluimen op, afgezet met witte franje, en de combinatie van het geknisper van het nog halfnatte brandende gras en de scherpe geur van de rook voert me terug naar taferelen uit mijn kindertijd, naar mijn grootmoeders tuin, als zij daar begin maart 'voorjaarsschoonmaak' hield, zoals ze zei.

Met haar blauwe schort dat opbolde in de Gelderse wind trok ze wortels uit, spitte de aarde om en ontdeed hem van alles wat er niet thuishoorde, totdat de tuin er prachtig effen bruin bij lag. Ik keek toe en leefde me uit in gecompliceerd, streng gereguleerd martelen van de regenwormen en meikeverlarven die ze me toegooide. Maar het allerleukste vond ik het moment waarop ze haar gereedschap neerlegde en ik het krantenpapier onder de berg gras mocht aansteken: dan werd alles opeens bespat met vloeibaar goud; en bij dat schitterende, beweeglijke schouwspel klapte ik in mijn handen.

Op de oevers van de rivier, tussen de herstellende grasplaggen, steken de meizoentjes en de wilde voorjaarsprimula's hun kopjes weer op. Tussen het mos dat op de sponsachtige boomstronken van oude, allang omgehakte haagbeuken groeit, draaien haast zwarte bosviooltjes zich met hun fluweeldiepe kleur naar het licht. Over het hele stadje hangt een geur van doorweekte humus en jonge knoppen, die opstijgt uit de bossen en vervolgens over de daken en door de smalle straatjes drijft.

De vuile lente schuwt het beoogde effect niet en werpt alle gemakkelijke schoonheid waarover ze beschikt in de strijd. Je hoeft maar naar de hazelaars langs het kerkhof te kijken, met hun fijne takken waarvan de uiteinden getooid zijn met een grijze vacht, als muisjes die te diep in het glaasje hebben gekeken en nu zo lethargisch zijn als planten. Aan gene zijde van de gekalkte muur, in die andere stad zonder lente, die even ongevoelig blijft voor deze nieuwe warmte als hij het was voor de eerdere kou, kun je Maltoorps gesteun en houweelslagen horen.

Opgroeien tegenover een kerkhof, zoals ik, wil nog niet zeggen dat je de dood gemakkelijker leert aanvaarden. Hoogstens leer je er relatief vroeg door begrijpen dat de aarde twee gezichten heeft; het ene een aangename plek vol bloemen en mooi marmer, en de vreemde achterkant ervan waar nooit meer iets verrijst.

Zo ook de Rots der Tranen: een sprookje waarin de dood zich eens te meer het beste deel toe-eigent in het ongelijke spel dat in lang vervlogen tijden begonnen is en waarin de liefde zich, ontgoocheld en verkleumd, tot de enig mogelijke troost wendt: die van herinnering en woorden. Eigenlijk zijn de tranen die het leisteen van de Rots op nachten met volle maan afscheidt en die zich een weg door het kreupelhout banen om zich eeuwen later met het Maaswater te vermengen, net zomin de tranen van kasteelvrouwe Guilherne, de gestorven schone die volgens de legende een fee werd, als dat Feil de vertaling is van mijn ontreddering, en de rivier, altijd dezelfde en altijd weer anders, die van Paules liefde die mij in het bloed is gaan zitten.

Om die plek te bereiken moet je het pad om de kerk nemen en dan heb je een klein uur nodig. Eigenlijk helemaal niet zo spectaculair: wat roze en grijs bergpuin, en één steen die lijkt op een reusachtige snijtand. Legendes ontspruiten nu eenmaal niet altijd aan adembenemende landschappen: de rots van de Lorelei is niet meer dan een klip in de Rijn, een onnozel blok dat uitsteekt boven water dat al sinds jaar en dag door de mens wordt beheerst; in Cumes, waar Paule en ik elkaar als ware iconoclasten raadseltjes opgaven, wordt de onduidelijke grot waar ooit de stem van de goden weerklonk omringd door stoffig braakland...

Als de zon fel schijnt, hangt er rond de Rots der Tranen een geur van urine en dode lijsterbes.

Ik was na twaalf uur 's middags mijn kamer uit gegaan, en langzaam maar zeker had mijn wandeling me meegesleurd in de zachte warmte van een mooie dag. Ik hervond de opwinding en het bijna dierlijke wantrouwen dat ik als klein kind altijd voelde als ik zulke wandeltochten maakte: sluipend over de wildpaden van de Rambezeen, een heuvel op slechts een paar kilometer van de stad waar we met ons allen woonden – mijn moeder, haar tijdelijke pooiers en ik.

Op de helling, bedekt met verlaten boomgaarden en wijnstokken in schitterend verval, werd ik, met tekens van rode klei en sap van bessen op mijn wangen en met de veer van een buizerd in mijn haar, een kleine Sioux, een machtige Apache op zoek naar kuddes bizons en schuimbekkende paarden.

93

De wegwerkers langs de wegen die daar op hete septemberdagen, dronken van de hitte en de goedkope rode wijn, met hun gebronsde koppen tegen de kiezels spraken alsof het vrienden waren, werden in de sprookjesachtige spelletjes die bij mijn leeftijd hoorden de vermaledijde verkenners van uitgeputte pioniers. Hun een houweel afhandig maken als ze laveloos in de berm lagen, stond gelijk aan het na felle strijd bemachtigen van oorlogsbuit.

Ik was vaak alleen, de andere kinderen lieten me links liggen; ik beklaagde me niet, want op die heerlijke momenten, als de met water verdunde wijn in mijn metalen veldfles me smaakte als ambrozijn, kende ik geen verdriet. Pas als ik terugging naar het dorp en de twee bruggen was overgegaan – die over het kanaal en de smallere over de rivier, die vanwege alle algen traag stroomde – raakte de wreedheid me weer: 'Hé, daar hebben we *Hoerenjoch*, hoe gaat het met je moeder, jongen?' Zo werd ik altijd weer aan mijn moeder herinnerd, door een imbeciel die over zijn tuinhek hing en me inwreef wie ik was.

Die man, met een gezwollen neus vol zwarte adertjes, heb ik zo vurig dood gewenst dat het ten slotte ook gebeurde; het leven heeft genoegens in petto die je niet mag missen: 'Hoerenjoch groet u,' herhaalde ik wel honderd keer vanonder mijn reine misdienaarstoog toen ik op de dag van de begrafenis zijn kist bewierookte. Zijn weduwe stond een paar meter verderop en plengde tranen die de mijne een beetje goedmaakten.

Op de flanken van de Rots der Tranen hebben vele handen tekens gekrast: *'Josyane P. is een slet'*, *'Fred, waar wacht je nog op'*, *'forever F.C.'*, *'Sylvie en Gerard'*... Te midden van al die teksten staat er een die ik in zijn eenvoud het meest helder vind, hij is doortrokken van een glorieus mysterie, een gonzend geheim dat je ook terugvindt in ex voto's in donkere, Italiaanse kerken: *'De borsten van mijn zuivere lief'*.

Het lief in kwestie zal nu wel een oude vrouw zijn, misschien al wel dood; of ze wacht stralend met haar zeventien jaren op de man die erin geslaagd is om zijn eerbetoon, zijn gedicht en de schaduw van haar borsten die in de woorden ligt, in het leisteen te kerven, bestemd voor de wereld die onze kortstondige levens omsluit.

De wind was zacht en in de diepte was Feil een poppenstadje waar kleine bruggen hier en daar strepen door trokken. Nadat ik op de laatste bladzijde van de vergeelde Conquérant de contouren van een paar wolken had getekend, viel ik in slaap op het mos dat de platte top van de hoogste rots omzoomde.

Toen ik wakker werd, leek er niets te zijn veranderd. Ik had een scheur in de tijd betreden, een dag als een ring waarop het paradijs eruitzag als een lint met een strik en die voortdurend rondjes draaide op een geluidloos wiel.

Toen klonk er vlakbij gelach, een stem. Ik keek naar de voet van de Rots der Tranen en zag op de hei een vurige haardos, een verwarde, soepele gloed van vuur die op het groen van het gras een zijdeachtige brand veroorzaakte. Ook zag ik twee roomblanke ronde schouders en glimmende blote dijen. De schone omhelsde haar metgezel met gesloten ogen, met haar hoofd naar de hemel. Ik dacht dat ik droomde, dat ik van een onvoorstelbaar grote afstand de lichamen van Paule en mij in die omhelzing zag.

Dat werd waziger.

Uit de kus van het stel dat ik had betrapt, was elke angst of terughoudendheid verdwenen. Het duurde lang tot hun lippen elkaar loslieten, tot ze buiten adem waren.

Pas toen ze haar grote ogen opende en naar de hemel keek, herkende ik het roodharige meisje van de banketbakkerij, en ik benijdde die jongen zonder gezicht.

Ik heb het hier met niemand over Paule gehad. Ze is alleen van mij. Toch dacht ik een tijdje geleden dat ik mijn mond ging opendoen, toen de gulzige pastoor me uitnodigde zijn kerk te bezoeken.

Het gedrongen gebouw lijkt op een bolvormige, rokerige stal, waardoor het iets goedmoedigs heeft. De pastoor onderhield me over de kleine wetenswaardigheden van de plek, liet me de veelkleurige heiligenbeelden zien en de in de vloertegels gegraveerde teksten waaronder de stoffelijke resten van priors en kanunniken liggen begraven. Maar toen we voor een knullige *Annunciatie* stonden, dempte hij zijn stem tot een zwak gemiauw en ik zag alleen nog maar het schilderij, een geknielde aartsengel Gabriël met in- en ingoede gelaatstrekken, en de Maagd die kalm onder een grote galerij van gedraaide zuilen stond, met haar blote voeten op een bloementapijt, en *verheerlijkt* naar hem luisterde.

Kon er niet ook een Annunciatie van de dood bestaan, even vol van genade en absolute zaligheid?

97

Men krijgt de dood van een beminde te horen via de omweg van een zin die alleen maar wat gedempter klinkt dan andere zinnen. Maar het zijn dezelfde woorden waarmee genot, alle soorten vreugde, werk en futiliteiten worden uitgedrukt, dezelfde woorden waarin we ook het voorbijgaan, en het einde van de tocht en het eeuwige gemis proberen te vangen.

Ik herinner me het gezicht van de jonge arts in het Flackers-ziekenhuis, wiens trekken week waren van onverschilligheid – heel anders dan bij een aartsengel Gabriël: voor deze man was Paule niets, gewoon een patiënte van wie de dood hem niet meer raakte dan die van een ander; hij sprak tegen me – met welk recht? – terwijl ik me voorstelde hoe Paule in het kamertje ernaast haar blouse over haar glorieuze borsten dichtknoopte en haar haar met een handbeweging gladstreek. Glimlachend voegde ze zich weer bij ons. In haar glimlach meende ik het begrip te zien van iemand die wéét. Spottend. Plagerig. Paule keek naar ons als naar twee stakkers die in een nare geschiedenis verzeild zijn geraakt en er niet uit komen.

Ik haatte die dokter die in een paar tellen een afgrond voor onze voeten had geopend. Over wat voor grootsheid, wat voor bovenmenselijke kracht dacht hij dat ik beschikte dat hij me dit vreselijke geheim zomaar kon vertellen? Had hij in de loop van onze bezoeken, die de laatste maanden steeds talrijker waren geworden, nooit mijn zwakte gezien, mijn ware ik: een machteloos kind? Had hij geen idee van het idiote geloof waar ik me verblind aan vastklampte, het geloof in Paules onsterfelijkheid, mijn Paule, naast wie een ernstige ziekte of de dood me een wel heel buitenissige metgezel toescheen? Snapte hij dan niet dat ik echt de laatste was die goed kon schipperen – die een handige schijnuitval kon doen – met de fatale afloop van dit stierengevecht zonder glans?

Paule had een ziekte in haar buik, op de plek waar nooit een kind gezeten had, en de dokter had Paules ziekte met zijn vinger aangewezen op het blauwe gladde oppervlak van een röntgenfoto met dikke kringen die deden denken aan in rouw gedompelde atollen.

Maar, ik zweer het, nooit en nergens was Paule mooier dan op die voorjaarsdag waarop me verteld werd dat zij spoedig zou sterven, en nooit had ik er woester en heviger naar verlangd om nu direct met haar te vrijen.

Ik wilde zo snel mogelijk in haar zijn, om haar mijn warmte te geven en de hare om me heen te voelen. Die mooie ring van vlees. Misschien dacht ik heel naïef dat de liefkozing van onze lichamen een dam zou kunnen opwerpen tegen de venijnige opmars van het kwaad. Het moment dat ik in Paule zou komen, zou ik ook één worden met de triomfale pracht van het leven dat ik weigerde te zien wegvloeien uit haar die me naar het licht had getild.

Ik kon niet geloven dat er een doodsstrijd zou komen, dat Paules glorie steeds verder zou tanen. Het scheen me toe dat een weerzinwekkend wezen zonder gezicht me tegen mijn wil en zonder dat ik kon weigeren uitnodigde om een hemellichaam te vernietigen.

Dit is min of meer wat ik tegen de pastoor had willen zeggen, maar ik kon er de woorden niet voor vinden, niet zo goed als hij in elk geval, want hij nam het voortouw voordat ik iets had kunnen uitbrengen: 'Kom, ik heb nog iets prachtigs in mijn pastorie, het is misschien niet rooms, maar wel twintig jaar oud en gerijpt in een kastanjefust... Het zal u niet tegenvallen!'

Al die dingen schoten me door het hoofd toen we, met onze glazen voor ons, zaten te praten over het vissen op snoekbaars, alsof ik zelfs tijdens zo'n doodonschuldig gesprek dat me in contact hield met de eenvoudige, overzichtelijke wereld, niet zomaar even in een zielsomdraai de drukkende aanwezigheid kon verdrijven van haar die niet meer kon spreken.

Terug in mijn kamer heb ik zo uit de fles de rest van de pruimenlikeur opgedronken die de welwillende hand van madame Outsander op een avond bij mijn deur had gezet. De combinatie van aarde en in alcohol geweekte vruchten deed me languit op mijn bed belanden. Ik was uitgeteld. Toen opende de alcohol het bal, in de nachtelijke uren waarin dromen, valse herinneringen en nooit gemaakte omwegen naar een melancholiek bestaan zich vermengen met onze levens en de weerschijn daarvan.

In de spreekkamer van de arts, waar er plotseling overal in de muren barsten verschenen, verscheen een legertje stokoude, naakte vrouwen. Zo ver het oog reik-

te betuigden ze me hun deelneming, met zware kete-
nen aan hun voeten. Een schilderij van bescheiden afmetingen aan een muur werd plotseling het landschap: drie kale bomen, een grote, ingestorte boog en
de schaduw ervan op de aangestampte aarde.

In deze wereld kronkelde de horizon van oude, hui-
lerige lichamen, waarvan het tienduizendste gezicht
verloren ging in de spiegeling van de lucht. Ik zat op
een houten krukje, drukte al die verzwakte handen en
vroeg aan iedere vrouw: 'Hebt u haar gekend? Hebt u
haar gekend?' De oude vrouwen zeiden niets. Ze glim-
lachten allemaal, net als de pastoor.

Mijn moeder verscheen, ook naakt. Om haar buik
zat een zwart lint en rond haar geslachtsdeel krioelde
het van de slangen. Ze had het lichaam van een jong
meisje met asblond haar. Er dwarrelde een regen van
rozenblaadjes neer, die werd opgeslokt door mijn moe-
ders lach, hol echoënd onder de stenen van de afge-
brokkelde boog...

In de ochtend laten mijn dromen me verfomfaaid achter. Die laatste net zo goed als de andere. Maar ik hoefde de slaapkamerramen maar open te zetten of de
lucht sloeg krachtig tegen mijn wangen, ik hoefde alleen mijn verschrikkelijke kater maar te voelen of de
wereld kreeg weer de overhand.

Tempus edax rerum, verzekeren de roze bladzijden
van de woordenboeken, en het is bekend dat die nooit
liegen.

Ik ben de mensen van Feil dankbaar voor hun tact: sinds ik in het dorp woon, heeft niemand me ooit iets gevraagd of zich er openlijk over verbaasd dat ik niet werk. Vermoedelijk is dat wat ik inschat als respect voor mijn zwijgzaamheid eigenlijk gewoon een begrijpelijke vorm van egoïsme en desinteresse. Het zij zo.

De enige inbreuk op mijn privacy, en dan nog slechts indirect, werd veroorzaakt door Maltoorp, de grafdelver die ik op een van zijn vrije dagen tegenkwam aan de oever van de Maas, toen hij tussen de ranonkel en de kamperfoelie zijn aas uitwierp.

'Palingen zijn rotzakken, meneer, je geeft ze tien dagen lang te eten en dan belazeren ze je nog door ergens anders te bijten.'

Het was me nog niet eerder opgevallen dat hij een heel raar hoofd had met een hoog, té hoog voorhoofd, en ik zou met geen mogelijkheid kunnen raden hoe oud hij was. Regelmatig stak hij zijn handen in een emmer die naast hem stond met het aas erin dat hij had klaargemaakt: 'Een kwart varkensbloed, een kwart brood, een kwart aarde en al het vleesafval dat je kunt vinden'; hij rolde er balletjes van die hij als een grenadier midden in de stroom wierp, naar een plek waar het water lijkt te vergeten dat het door moet stromen en zich uitspreidt in olieachtige plassen.

Ik haalde een pakje sigaretten te voorschijn en hield hem er een voor.

'Met alle respect, maar ik heb liever mijn eigen tabak.'

Met het aas nog aan zijn handen haalde hij een leren tabakszak uit de zak van zijn hemd te voorschijn. De draadjes bleven aan zijn nagels kleven en het vloei werd nat van het bloed. Toen de vlam van zijn benzineaansteker de brand in zijn zelfgedraaide sigaret had gestoken, vulde de lucht zich met geknetter en een vage geur van bloedworst.

We zaten lange tijd te roken, zonder een woord te zeggen, ook al wist ik dat hij een grage prater was. Met mechanische precisie bleef hij de bolletjes aas uitwerpen; ze troffen allemaal doel en ontlokten een vrolijk, kortstondig geluid aan het ingedutte water.

Het was zacht weer. Met mijn ogen volgde ik het ballet van de waterjuffers met hun onvermoede poten en de blauwe schichten van de ijsvogels die over het rivieroppervlak scheerden, zo snel dat je geest denkt dat je het slechts hebt gedroomd. Het herinnerde me aan andere meimaanden... Toen begon Maltoorp te praten, steeds sneller, zo snel dat hij er angstaanjagend van werd.

'U moet niet te veel denken, meneer, dat is nooit goed voor een mens, ikzelf dwing me om het zo min mogelijk te doen... Mijn leven lang hebben ze gedacht dat ik gek was, maar dat kan me geen moer schelen! U moet niet denken dat het eenvoudig is om op de plaats te komen waar ik nu ben... Vroeger las ik ook boeken, maar wat erin stond leek er altijd net naast te zijn en ik heb moeten leren – hoe zal ik het noemen? – ik heb moeten leren *ontleren*, en mijn ziekte heeft me daarbij geholpen, de ziekte in mijn hoofd, hoe die heet weet ik niet meer. Het heeft tijd gekost, ik zat in een groot ziekenhuis, met een park met mooie hekken en met mooie verpleegsters in het wit die naar lelietjes-van-dalen roken. Nu gaat het beter, ik ben gelukkig, ik graaf, ik vis en ik graaf, ik drink een glaasje wijn en ik heb een bed – ja, ik ben gelukkig, dat kan ik wel zeggen.'

De emmer met aas was leeg. Vliegen met glimmende zwarte schilden begonnen aan een voorzichtige inspectie. Maltoorp veegde zijn handen uitgebreid aan zijn broek af.

'Vissen is de beste manier om je hoofd leeg te maken. Kunt u iets stompzinnigers bedenken dan te zitten wachten totdat je dobber verdwijnt en onder water duikt? Ik niet. Ik kan er uren naar kijken, dan stroomt alles uit me weg en dan ben ik er niet meer, dan is er alleen nog die dobber...'

Ik ontweek zijn blik. Ik wilde mezelf liever in de verte verliezen, in de draaikolken die hier en daar in het water staken en in hun spiraal schuimbellen en jonge blaadjes meezogen.

'Ik dacht dat u nog weleens naar het kerkhof zou komen, ik zei tegen mezelf: nou, Maltoorp, dat is een liefhebber van graven – want die bestaan – en deze zul je nog weleens terugzien, zei ik tegen mezelf. Klopte niks van... Weet u, misschien klinkt het vreemd, maar ik hou van mijn werk, en ik mag er graag over vertellen. Ik zou het graag met iemand willen delen... Ik doe m'n uiterste best. De een is tevreden met een mooi meubel dat hij net heeft gemaakt, en ik met een keurig nette grafkuil, meer heb ik niet nodig om blij te zijn.

Toen ik u voor het eerst zag, van de winter, toen ik u zag, zei ik meteen tegen mezelf: 230 bij 200 bij 110 voor de kuil – je moet het altijd ruim nemen – en zo op het oog 45 bij 60 bij 70 voor de kist die u nodig hebt – de reductiekist – want u bent toch behoorlijk groot... Dat schatten van maten is echt een beroepsdeformatie, ik kan er niets aan doen, maar zodra ik iemand zie moet ik hem verkleinen. De meeste mensen weten niet dat dat gebeurt, de familie kan het idee meestal niet goed verdragen. Ik vind het geen probleem om die reducties uit te voeren. Een lijk heeft toch niet door dat je hem in stukken hakt. Sommige collega's doen er niet aan, die vinden het weerzinwekkend om een lichaam – dat wat er nog van over is, na jaren in het graf – met hun schop aan stukken te slaan, maar het moet gebeuren, je moet toch ruimte maken! Het kan niet anders. De mensen denken altijd dat er na verloop van tijd alleen nog maar botten over zijn. Dat is niet zo, ik heb lijken gezien die veertig jaar geleden zijn begraven en die zich niet hebben verroerd: ze hadden misschien iets dunnere lippen, maar verder niks... Het hangt af van de soort grond en van het lichaam en van de doodsoorzaak.

Maar ik zal u wel vervelen. Ieder heeft z'n eigen sores, u bent hier niet vanwege het klimaat of de grafkuilen. Weet u, het is hier dan wel heel ver weg van alles, maar uiteindelijk gebeurt alles hier ook, en anders haalt het ons in; u bent nog jong. Ik trouwens ook, je zou het niet zeggen, maar ik ben nog jong, vooral 's nachts. 's Nachts word ik geen greintje ouder; ik droom altijd hetzelfde, nu al sinds – houd u vast – drieëntwintig jaar. Ik sta in een dal en op de grond liggen heel veel lijken die ik op elkaar moet stapelen. Ik heb een hooivork en daarmee til ik ze één voor één op. Ze zijn heel licht... oude mensen, kinderen, maar geen vrouwen, heel vreemd. Als ik klaar ben, eet ik een bord soep dat iemand bij de hoop lichamen heeft neergezet. Altijd dezelfde soep, met aardappelen en prei, heel lekker trouwens... Het vak, ziet u, zelfs 's nachts. Maar excuus, ik verveel u, als u wilt begrijpt u het wel, meneer pastoor zegt altijd tegen me: "Maltoorp, je praat te veel, ik verveel me *dood* met jou", ja, hij houdt van een grapje, onze pastoor...'

De zon begon rood te worden boven de toppen van de haagbeuken. Maltoorp hield op met praten en rolde nog een sigaret, die hij plechtig aanstak. Fluitend ging hij naast zijn stinkende emmer in het gras zitten. Van tijd tot tijd schudde hij het hoofd. Na lange tijd zei hij nog eens wat: 'Het leven is raar... Maar één ding is in elk geval zeker, je benen rusten nooit beter uit dan wanneer je op je billen zit.'

Pergus heeft drie tafels op het terrasje gezet. Kinderen komen uit school. Hun grote zussen, met het gewicht van hun tien jaren nu al zo ernstig als moedertjes, houden kleine jongetjes aan de hand. Het is donderdag, marktdag. Een aantrekkelijk schouwspel. Op het plein vouwen de laatste kooplui hun parasols dicht en laden grote houten kisten in hun bestelwagens. De meesten zijn al naar het café, ze staan met een pastis voor zich aan de toog, praten hard en tellen de bankbiljetten die uit enorme portefeuilles puilen.

Ik meende er goed aan te doen de waard te vertellen over mijn ontmoeting met Maltoorp.

'Andere mensen zijn nooit wie je denkt dat ze zijn. Het is heel vriendelijk dat u me dit doorvertelt, maar wat moet ik ermee? Hij heeft u in de maling genomen, daar twijfel ik niet aan, en trouwens: niets van wat u me daar vertelt lijkt op zijn manier van doen. U hebt misschien het een en ander door elkaar gehaald, u vergist zich een beetje. Niemand doet bloed door z'n palingaas, neem dat maar van mij aan! En wat de rest betreft: hij is gek, zo simpel is het, dat weet iedereen hier. Ik dacht trouwens dat hij überhaupt niet meer praatte, nou, dan snapt u het wel... Hij heeft zo veel graven gedolven dat zijn hoofd er leeg van is geworden!

Maar die manie van het verkleinen, dat is hij wel, ten voeten uit. Ik heb het van anderen gehoord, andere grafdelvers, hij is een meester in zijn vak, nergens vies van. Voor zo iemand als hij komen ze van heinde en verre... En wat de rest betreft, nou ja, iedereen heeft zijn problemen, zijn eigen onfrisse zaakjes goed weggestopt.'

Pergus rekent de consumpties van de kooplui af. Ze vertrekken in een rook van diesel en slaan met hun portieren. Het plein met de lindebomen hervindt enigszins de rust van een oude verlaten vrouw.

'Ja, al onze onfrisse smerige kantjes, de dingen waar je je voor schaamt. Als u mijn neus ziet, denkt u bij uzelf: die Pergus, die drinkt vast alle flessen leeg – jawel, jawel, ontken het maar niet, ik weet zeker dat u dat door het hoofd is geschoten, dat denkt iedereen, da's heel menselijk. Maar hebt u me sinds u in Het Anker komt ooit een druppel zien drinken? Nee, hè, nooit. Zelfs niet die avond dat Sirdaner rondjes gaf – amandelmelk, alleen maar amandelmelk. En toch, als ik mezelf in de spiegel zie, dan zie ik een dronkaard, dat komt door die neus, ik kan nauwelijks geloven dat het een neus is, en dan nog wel de mijne. Het vak, het café heeft er beslist mee te maken, dat heeft invloed, natuurlijk! Mijn vrouw zei altijd: "Arme Pergus van me, of je nu drinkt of niet, een drankneus heb je toch al, dus bespaar ons de kosten…"

Ik heb nog nooit een glas drank aangeraakt, zelfs geen wijn, op mijn woord, ik zweer het. Het leven zit verkeerd in elkaar, mijn vrouw heeft me mijn neus recht in het gezicht gegooid, lach niet, toen ze bij me wegging: "Denk jij dat er te leven valt met iemand met zo'n neus? Zelfs in de winkel schaam ik me ervoor." De laatste zin die ze tegen me heeft gezegd. Ze stapte in de auto van een of andere idioot die om de andere maand bij ons langskwam om een order voor ondrinkbare muntlikeur te plaatsen: haar grote liefde… Ze keken me aan, stikkend van de lach. U hebt geen idee. De auto reed weg, de imbeciel toeterde zelfs nog, op zijn Italiaans, zodat heel Feil het zou weten… Ze zijn niet ver gekomen.

De pastoor – niet die er nu is, maar een andere, zo mager als brandhout – heeft ze gevonden, drie kilometer verderop, de auto was van de weg af geraakt, vol tegen de olm aan – een oude olm, een steeds zeldzamer boom, met schitterende takken als een hertengewei, de mooiste olm uit de streek – o, die heeft het wel doorstaan, maar van de auto was niet veel meer over. Van mijn vrouw trouwens ook niet. De gendarmes hebben me het lichaam laten zien, dat was nog helemaal heel… Ik herkende haar aan haar polsen, die waren heel dun, en aan haar kleren natuurlijk. Want het gezicht, het gezicht… Er is gerechtigheid, zei ik tegen mezelf, er is gerechtigheid. Sinds die dag geloof ik echt in God; daarvóór had ik grote twijfels. Nu ga ik altijd naar de mis, de anderen maken zich vrolijk over me, maar die weten ook niet waarom ik erheen ga; en elke keer als ik naar mijn zus in Clairville ga, hou ik even stil langs de kant van de weg om de stam van die olm te aaien.

Ik weet niet precies waarom ik u dit vertel, ik heb het nog nooit aan iemand gezegd, misschien om u te laten zien dat ik ook een verhaal heb, dat iedereen een verhaal heeft, dat de grafdelver niet slimmer of interessanter of ongelukkiger is dan iemand anders. Je moet er wat voor over hebben om in dit ondermaanse te leven. Neemt u nog wat, ik trakteer.'

Later, 's middags, had ik zin om in de rivier te zwemmen. Ik dacht dat ik door het Maaswater in te gaan los zou kunnen komen van alles wat ik de afgelopen uren en dagen had gehoord. Zwemmen zou me dichter bij Zoosten en Paule brengen.

De Maas stroomde langs mijn flanken; ik was in haar, in haar koude stroom, en met mijn voet voelde ik de ronde kiezels van de doorwaadbare plaats. Zoet rivierwater ruikt anders dan de zee; het bokt niet als een wild dier, het heeft geen schuim en geen zoute wind die in je huid bijt; en opeens leek het of ik kopje-onder ging in het donkere grijze water dat er niet in slaagde me schoon te spoelen of me te verdoven met een genot waarvan ik wist dat het dat wel in zich had.

Op de oever stond een kind naar me te kijken dat kauwde op een grasspriet. Toen ik vroeg hoe oud hij was, zei hij dat hij bijna vijf was. Toen ik hem vroeg wanneer hij jarig was, antwoordde hij: '*Op de dag dat de frambozen rijp zijn.*'

Door hem keerde ik terug naar het mooie mysterie van de poëzie en van mijn drie Conquérants.

Het gestuntel van de fanfare heeft me uit mijn bed gejaagd. De oud-strijders staan op een rij bij het monument voor de gevallenen en strijken hun vlaggen. De burgemeester houdt een speech. Ik herken Amédée – de oude kapper, die netjes in de rij staat en kennelijk wakker is –, Sirdaner en nog een paar oude mannetjes, gebukt onder het gewicht van hun medailles die als een passement op het front van hun overhemd prijken. Dit wil ik van dichtbij zien, Paule was altijd dol op fanfares.

Net als ik naar buiten ga, doet madame Outsander de deur van de salon open: 'Komt u even, dan stel ik u voor aan mijn achternichtje.' Voor me staat het meisje met het rode haar, ze heeft een brutale, kalme, roze glimlach die past bij de sproetjes op de huid van haar wangen, maar die ook wit is, zo wit als haar tanden. 'U hebt haar trouwens vast al eens gezien...' Ik zal wel zijn gaan blozen...

Ze draagt een lichte zomerjurk van het soort dat wel iets wegheeft van een ouderwetse onderrok, smette-

loos katoenbatist met eenvoudige geborduurde mo-
tiefjes, zoals anagrammen.

Het meisje reikte me de hand, en aangezien ik nog
steeds een beetje onbeholpen was, zei madame Outsander: 'Mijn Reine is een duveltje, maar ze bijt niet,
hoor...' Ik begreep niet direct dat Reine haar voornaam
was.

Haar hand pakte de mijne. Mijn ontsteltenis amu-
seerde haar. Ik leek wel een kind.

'Kijkt u dat nou toch eens aan, meneer, nog geen
twintig, een mooie bloem, een echte klaproos, o, zij zal
heel wat hoofden op hol brengen!'

Anderen zouden bij het horen van zo'n compliment
de ogen neerslaan, een zakdoek verfrommelen of op
hun lippen bijten, maar dit meisje bleef zwijgend
staan, met een zelfverzekerde glimlach.

Het klopte: bij het zien van haar schoonheid moest
je denken aan afbeeldingen van bloemen of vruchten,
en uit de overvloed van haar twintig lentes ontsproot
de warmte van oneindige rijpe korenvelden, gekust en
gewiegd door een augustuswindje. Ik dacht ook aan
abrikozen, kersen, bloedperziken met oranje vrucht-
vlees, de geur van wasgoed in een eikenhouten linnenkast met zakjes lavendel en stukken cederhout tussen
de stapeltjes lakens; en plotseling, als bij toverslag,
openbaarde zich een aarde vol beekjes met geluiden
van ruisend water; ik zag toefjes waterkers, de mond
van een fontein met een groen uitgeslagen zwanen-
hals, ijskoud water waar vermoeide armen zo diep mo-

gelijk in plonzen om er koelte uit te putten na een warme wandeling over rotspaadjes.

Om in de kelder te komen moet je een lage deur door,
achter de mooie trap die me de eerste dag al zo bekoor-
de. Dit is het begin van een andere wereld. De geur
van aarde die opstijgt uit het donker dat nauwelijks
door het licht van een peertje wordt aangevreten, de
doordringende kou en de stilte die door niets wordt
verstoord of getemperd, storten de indringer in een
ondergrondse wereld, de ingang van het heelal, een
plek die in verbinding staat met de zeldzame maar verschrikkelijke machten die de mens al duizenden jaren
met zo veel klem aanroept. Het rijk van de spinnen, de
ratten en de smerige kakkerlakken. Blankhouten krat-
jes, een afgedankte fiets, kapotte dozen, torenhoge
stapels kranten, bijeengebonden met verkleurde lint-
jes of beschimmelde raffia. En vooral staan er, heel
verrassend, vele paren schoenen, keurig naast elkaar
te midden van de rommel, in allerlei maten en soorten,
ouderwets en versleten, te wachten op voeten, alsof er
aan de andere kant van de wand een uitgeput regiment
ligt te slapen.

Door het plafond met de vochtige kringen sijpelen
straaltjes water, groenig van het mos en het salpeter.
Eindelijk ontwaren mijn ogen het rek. Er liggen nog
enige tientallen flessen te wachten. Als ik er eentje op-
til, zie ik in het licht dat door het kelderraampje valt
hoe zwarte bessen als gebutste knikkers wegrollen. Be-

ter dan enig jaarboek tonen de etiketten – op de fles-
senhalzen geplakt en bruin van de bister – welke jaren
vreugde of verdriet brachten: 1912, een van de laatste
vreugdes, 1917, het jaar van muiterijen en executies,
1918, dood van de echtgenoot...

Niet alleen de kou prikt in mijn huid. Ik geloof dat ik
een spook met kromme enkels en een gepommadeerde
snor heb gestoord, een wezen op een foto die je nergens aan herinnert, behalve misschien aan wat bals,
een paar walsen onder de lindebomen op het plein in
de zomer, en aan beloftes op fluisterende toon, ja, aan
kleine woordjes die in die tijd een heel jong meisje in
vervoering hadden gebracht.

Mijn verleden vol smart. Ik sluit de ogen voor wat ik
me nog herinner van Paules gezicht en ik zie het als
het ware *beven*, als een spiegeling op het water. Ik kan
nog zo hevig proberen het glad te strijken, mijn ogen
zo stevig dichtdoen dat het pijn doet, maar Paules gezicht blijft, voor het eerst, wazig.

Plotseling wordt mijn schouder geraakt door een
flits van lava, gesmolten metaal kruipt razendsnel omhoog tot aan mijn nek. Zonder dat ik het merkte is Reine naar me toe gekomen. Ze legde haar hand op mijn
arm en de nacht werd vol licht, terwijl het water van
mijn gepeins het gezicht vol pijn van Paule, haar wezen, haar fata morgana en haar lach verjaagt als een
grote golf die verdrinkt in de stroom. Buiten klinkt het
geluid van de gemeentelijke harmonie.

'Moet u niet weer naar boven, meneer, straks wordt
u onwel...'

De sokken van Lamiral, die boven op een ladder tegen de gevel van de slagerij staat en zijn armen uitstrekt naar het uithangbord, hebben me op de sokken van Albert de Aansteller gebracht. Die waren geweven van twee soorten garen, totaal verschillend van kleur en materiaal. Een rariteit.

Albert de Aansteller behoorde tot een geslacht van pooiers dat vandaag de dag wel niet meer zal bestaan, weggedrukt als ze zijn door schaalvergroting, snelle consumptie en gebrek aan interesse in kwaliteitsproducten. Hij was pooier zoals anderen het klooster in gaan en ik heb het hem nooit kwalijk kunnen nemen dat hij mijn moeder als een hoer behandelde, want dat was ze ook, tot in het diepst van haar ziel.

Als de gevangenissen van tijd tot tijd opengingen omdat ze overvol waren, duwde hij de deur van ons huis open en herstelde zijn autoriteit met een paar mannelijke terechtwijzingen, zorgvuldig geplaatst op de rug van de vrouw die hij, afhankelijk van zijn humeur, behandelde als zijn vrouw of als zijn broodwinning. Ik moet bekennen dat ik er vaak genoegen in schepte – het onschuldige plezier van een zwakkeling die eindelijk gewroken wordt – als ik hoorde hoe mijn moeder brulde en smeekte om haar niet meer te slaan. Het duurde trouwens nooit erg lang en het eindigde onveranderlijk in een vrijpartij waarvan de schokken en het gehijg me onmogelijk konden ontgaan.

Hij bleef tot de volgende politie-inval en meende dat mijn opvoeding in die periodes aan hem toeviel. Zo-doende heb ik aan hem niet alleen de verbluffende ontdekking van grenadine met kina te danken, maar ook die van balletje-balletje, paardenrennen en bluf-poker.

Helaas werd hij op een dag, opgezwollen en hele-maal paars, opgevist uit het vuile water van het kanaal dat van Zeens naar Koudelange loopt en dat loom tus-sen de sappige weiden stroomt, waar koeien met een huid met een abstract dessin staan te grazen. In de rug van het jasje van zijn mooie pak van Engelse wol, dat hij voor iemand van zijn stand met merkwaardig veel zorg omgaf, zaten zeventien japen die de politie her-kende als messteken. Het wapen werd nooit gevon-den, en degene die het gehanteerd had evenmin.

Toen ze mijn moeder het nieuws kwamen brengen, begroette ze het met schouderophalen, een rode pruil-lip en geknipper van haar met mascara gekonfijte wim-pers. Diezelfde avond nog werkte ze met tweemaal zo veel hartstocht. De week daarop had ze een nieuwe souteneur. De o zo bijzondere sokken van Albert de

Aansteller verdwenen met hem in het graf; als ik op zondagmorgen naar de mis vertrok hingen er andere, gewonere paren aan de waslijn.

Soms vroeg ik me af of hij misschien mijn vader was. Daarom heb ik oprecht en veel om hem gehuild. De mogelijkheid bevalt me trouwens wel: die is in elk geval niet erger dan een andere. Als je een hoerenzoon bent, is het tenslotte buitengewoon logisch om ook de zoon van een pooier te zijn. En het is in elk geval stukken beter dan de zoon van niets of niemand te zijn. De verlegen vragen aan mijn moeder bleven altijd onbeantwoord. Wist ze het zelf eigenlijk?

Als puber kon ik het niet laten om door de straten van de stad te lopen en de mannen recht in de ogen te kijken, alle mannen, om te proberen het te raden. Maar er waren te veel vaders of juist niet genoeg. Albert de Aansteller is blijven bestaan, met of zonder sokken, vader of niet, want in zijn soort had hij een gevoel voor poëzie dat me altijd is bijgebleven. Dat kon je zien aan kleinigheden: aan de manier waarop hij een deur sloot, bijna zonder hem aan te raken; de aristocratische toon waarop hij een pernod bestelde, het tegelijkertijd magistrale en ingetogen gebaar waarmee hij zijn hoed een heel klein beetje oplichtte om een dame te groeten. En dan die zin die ik hem zo vaak heb horen uitspreken, een onmogelijke, geheime regel die ik niet zal proberen uit te leggen, een prachtige regel die hij altijd debiteerde in de uren na het drinken, wanneer de dronkenschap aan het verdampen is en zwaarmoedigheid de lichten en de fonkelende sterren steelt: *Het leven is te veel voor mij... lieve Jezus, maak ik er deel van uit of niet?*

Lamiral was van zijn ladder af gekomen en klopte me op de schouder. 'Ik heb nu al vijf keer iets tegen u gezegd en u geeft geen antwoord. U bent heel ver weg... Hoe gaat het? Goed? Zelf word ik met de dag jonger! Mijn vreselijke schoonzoon is drie dagen weg, naar de Pyreneeën, met vrouw en kinderen. Lucht, eindelijk lucht! Die imbeciel denkt dat hij op me moet passen, ik kan geen stap meer doen, niet naar links en niet naar rechts... Daarom zien jullie me tegenwoordig niet meer zo vaak in het café. Hij denkt dat onze dans van de winter de slagerij heeft geschaad, wat een nonsens!

U kijkt naar de etalage. Je zou zeggen dat het u tegenstaat, al dat vlees. Nou, mij ook! Ik eet het al vijftien jaar niet meer; da's niet niks, voor een oud-slager! Voor mij zijn het allemaal doden, en doden opeten, dat kan ik niet meer, dat is ook een raar idee, vindt u niet? Kijk eens naar die konijnen, daar in het midden: zoals ze daar liggen vind ik ze net heel kleine, gevilde kindertjes die nog nabloeden en die desondanks doen alsof ze slapen. Ik kan het niet aanzien, die oogjes met dat wit eromheen... En over die speenvarkens zullen we maar niet eens beginnen; als mijn schoonzoon ze braadt, als hij ze aan het spit rijgt, als ze in de oven ronddraaien met hun kleine pootjes voor hun schattige roze koppies, precies hetzelfde verhaal: ook kinderen, vind ik! Dat denk ik dan, kinderen die verbrand worden terwijl die verdomde schoonzoon van mij de kooktijd in de gaten houdt, en dan is hij heel tevreden, de smeerlap. Zo gaat dat met de hele etalage: duiven, kwartels en zelfs de parelhoenders, voor mij zien ze eruit als geschoren en vastgebonden kleine meisjes die zijn doodgemarteld, dus u snapt het, die schoonzoon van mij is nog erger dan een smeerlap, het is een schoft. Zelfs van zure zult ga ik over mijn nek, om nog maar te zwijgen van pens, hart en niertjes! Die etalage is een kerkhof, een abattoir voor engeltjes, ja, zo noem ik dat bij mezelf, een soort museum van de wreedheid. Na een fles witte wijn moet ik er soms van huilen…

U zult wel denken dat ik gek ben, of niet? Ik kan er niks aan doen, zo ben ik nu eenmaal, gek of niet! Kom op, ik betaal een rondje: er zijn slechtere krukken!'

Toen we naast elkaar naar het café liepen, vervolgde Lamiral zijn litanie waarin varkenspoten in verband werden gebracht met een kindertijd vol tranen, en lamshersenen met sadistische misdaden uit de krant. Uiteindelijk hield hij zijn mond: de weg was zo steil dat hij langzamer moest lopen. Hij ademde zwaar.

Het was een heldere ochtend; in de langzaam warmer wordende lucht voelde je nog de trilling van een mooie nacht, de koude dauw die op het gras en de mineralen het stempel van de duisternis drukt. In andere tijden, op andere plaatsen, hadden Paule en ik deze omslag naar warm weer in de gaten gehouden op caféterrassen, op het strand, of tegen de schouder van met bossen beschilderde aarde. Paule, Paule die toen nieuw was, dicht tegen me aan na een nacht vol omzwervingen, na de tuinen van Lochristi met hun gele kamillebloemen, na de verrukkelijke uren van onze tedere ontdekkingstocht, Paule die haar ogen sloot. Haar lippen waren zo dichtbij dat ik vol verlangen om de mijne erop te plaatsen naar haar nek keek, naar de plek waar haar in geur gedrenkte huid samenkwam met de kleine wilde haartjes.

Dat was de eerste dag, het begin van ons distelloze land. Waar ter wereld was ik daarvóór geweest? Draaiorgels sloegen mechanische toonladders aan en in de op de vlucht gejaagde schaduw schudden Paules handen een kaartspel van met goud bespikkelde spiegels.

Lamiral is weer op adem gekomen en kijkt naar de overkant van het plein, naar madame Outsander die haar stoep veegt.

'Kijk haar eens; ze verjaagt meer dan stof alleen, weet u. Al die jaren, zo snel als het water van de Maas bij de voorde van Gué des Dames... Ik herinner me haar van toen ze zestien was. U hebt geen idee hoe mooi ze was. Wij jongens noemden haar Adèle met de sneeuwogen, al weet ik niet meer precies waarom. Iedereen wilde haar het hoofd op hol brengen, maar ze was zo serieus! Het lukte niemand, Amédée kreeg een tik op de neus, hij heeft er verdorie nooit een woord over gezegd, en mij verging het net zo. Alleen Gustave, maar of die er wat aan gehad heeft... Eigenlijk heeft hij de tijd niet gehad om ongelukkig te zijn. U kunt hem vinden op het monument, de derde naam van boven. Ik kijk er nooit naar, een beetje voor joker staan met je hele ijzerwinkel zoals ze dat bij elke herdenking met z'n allen staan te doen, dat vind ik maar niks, dat laat ik graag aan anderen over, aan die twee kadavers Amédée en Pierrot – Pierrot? Jawel, die kent u wel: Sirdaner, als u wilt.

Toen ik terugkwam uit de oorlog, was ik zo blij dat ik nog leefde, dat kunt u zich niet voorstellen, levend te zijn, héél te zijn, ver van de modder, van je kameraden die om hun moeder schreeuwden, soms urenlang, met een door granaten doorzeefde buik; én maar roepen, vlak bij ons, als stervende kinderen: "Mama... mama..." het schijnt dat je altijd om je moeder roept als je sterft – ja, blij om weer terug te zijn, héél te zijn te midden van al dat volk met nog maar één been, ver van je kloffie dat in je schouders sneed, van het ijskoude water waar je tot je knieën in stond, van het gezeik van je meerderen die er zelf lekker warm bij zaten. En toen, in de loop der jaren, ben ik ze een beetje gaan benijden, waarom weet ik niet, al die gesneuvelde kameraden, eerst een beetje, toen een heleboel, en toen nog meer, want zij hadden niet zo veel weet van het leven met al zijn slechtheid en zijn kwaad. En tegenwoordig is er alleen nog maar de drank om me te helpen de dagen door te komen en te wachten tot het weer nacht wordt, god nog aan toe. 's Avonds als ik naar bed ga, strijk ik het laken recht zoals het hoort, zonder valse plooien, dan vouw ik mijn handen op mijn borst en wacht...'

Ik stopte de brieven in mijn zak, rolde de trui op tot een bal – het leek wel een katje – en daalde weer af naar de Maas.

Paules handschrift weefde brede, gekalligrafeerde letters, krabbels die alle richtingen op gingen en het papier versierden met onderaardse tekens. Haar brieven, duizend keer en op duizend avonden open- en dichtgevouwen als in een gebed, als het vingerkootje van een heilige dat wordt bewaard in tijden van lijden en rouw, in de hoop op een wonder, vertonen de sporen van vermoeidheid en ziekte waardoor de vouwen grauw en versleten zijn geraakt. De woorden lees ik allang niet meer. Alleen al de aanblik van iets van Paule in de bundel brieven is genoeg om me weer even bij haar te laten zijn.

De brieven en de trui, die nu alleen nog maar naar wol ruikt, als een baal oud gesneden stro die in een schuur wordt bewaard, in een stilte die wordt doorbroken door de stralen van de zon. De geur van Paule heeft haar niet lang overleefd. Is die vertrokken om zich bij haar te voegen, als een eeuwige omslagdoek die slechts even was zoekgeraakt in een van de gangen van het leven?

Mijn relikwieën zijn voorwerpen geworden, gewone dingen. Paule drukt er haar warme stempel niet meer op. Waar kan ze nu nog wonen, behalve in mijn feilbare geheugen en mijn volzinnen?

Ik zou willen dat alles er een onthecht zwijgen toe zou doen. Ik doe mijn uiterste best, schrijf allang geen ijdele woorden meer in de laatste Conquérant, die ik overigens ergens moet hebben laten slingeren.

Ik hurkte neer bij het water, ver weg van de pontons, dicht bij de brug. De brieven lagen plat op het wateroppervlak, ze bleven dicht bij de kant en draaiden rond. Het was alsof ze niet zo ver de rivier op durfden te gaan. Toen werd het papier zwaarder, het veranderde van kleur. Al Paules woorden raakten één voor één verstrikt in de blauwgroene netten van uitgelopen inkt, als bewegende, piepkleine delta's, zo weer verdwenen, van een land dat toen ik ernaar keek mijn eigen beeld terugkaatste, het gezicht dat ik zelf niet kende. Mijn ogen volgden de brieven die wegdreven en uiteindelijk op de stroom werden meegevoerd. Niets kon ze ertoe bewegen kopje-onder te gaan. Ik had graag gezien dat ze in slaap vielen en wegzonken in de loop van de rivier, tussen de warrige algen en de schaduwen van het water, maar ze gingen richting horizon, daar waar hemel en Maas tezamen komen en hun licht uitwisselen, zodat de hemel helder en oneindig wordt en de rivier koud en winderig. Tussen die twee putten met hun onstoffelijke wanden gingen de brieven van Paule uiteindelijk ten onder.

En ik betrapte me erop dat ik helemaal geen verdriet voelde, geen steek in het hart, ook niet toen ik de trui zo ver mogelijk het water in gooide. Even vouwde de trui zich open, met wijd uitgestrekte mouwen, daarna verdween hij als een stuk lood in de diepte.

'Iedereen op zijn eigen manier, je begraaft zo goed als je kan...'

Ik schrok op. Achter mij in de berm stond Maltoorp een shagje te roken. Ik had hem niet horen aankomen.

'Nou denkt u misschien dat het voorbij is, maar het water geeft uiteindelijk altijd terug wat het krijgt, met-een de volgende dag of jaren later. Dat is het echte pro-bleem, dat zult u zien. Met de aarde ligt dat anders, daar kun je op vertrouwen, die houdt alles voor zich-zelf!'

Het geschreeuw van de kinderen die uit school kwa-men, hun gestamp op de ijzeren brug en hun gelach als bloemboeketten die in de lucht worden gegooid, drongen plotseling de late ochtend binnen en leidden me af van die woorden die ik niet wilde horen.

In de bocht van de rivier weerspiegelde de heuvel zichzelf, hij verdubbelde zijn bundels sparren en haag-beuken. De klaprozen langs de weg droegen voor het eerst hun mooie baljurk. Meer had ik niet nodig om er-van overtuigd te raken dat ik de woorden van de graf-delver gedroomd had. Trouwens, de nu lege berm maakte twijfel mogelijk. Op één plek was het gras een beetje geplet: maar, alsof Doornroosje wakker werd, gingen de spitse naalden van smaragd en zilver weer recht overeind staan, spriet voor spriet.

Paule is nu bijna een jaar dood. Heel hoog boven mijn hoofd, zo hoog dat hij slechts een wimper lijkt, beschrijft een wouw kringen zonder kielzog tussen drie dikke wolken.

Reine liep net over de brug en keek me glimlachend aan. Ze vervolgde haar weg als een triomfantelijk boegbeeld.

Paules neergang duurde drie maanden. Drie maanden waarin haar lichaam werd uitgehold. Dag na dag vrat de ziekte gulzig haar vlees weg. Al heel snel lag er in het bed alleen nog maar een gedecimeerde, gekrompen gestalte. De lakens vlakten het lichaam uit.

Paules gezicht wist van geen bloed, het joeg het weg en werd van was. Haar ogen gingen nog maar zelden open en daarna helemaal niet meer. Zodat ik me de laatste blik van Paule, de laatste keer dat ik haar stralende ogen zag, niet kan herinneren.

Vaak speurt men op het gezicht van een stervende naar een teken of een advies, alsof het naderen van de overtocht je in staat stelt een waarheid te onthullen die anders verborgen blijft, en zo wordt je niet alleen een laatste blik op je geliefde gegund, om voor eeuwig te bewaren, denk je dan, maar ook op een zegening die je in staat stelt om door te leven en het gemis te verdragen.

Paule was weg, naar een diepe slaap waaruit geen

terugkeer mogelijk was, een coma dat ik me niet anders kan voorstellen dan als een wereld van modder, een zwarte leegte van dikke drab als op de bodem van een vijver, een stroperige substantie, niet koud maar lauw, die elke beweging of ademhaling onmogelijk maakt, het zicht belemmert, de duisternis uitnodigt om binnen te dringen in de mond, de tanden bevuilt, met zijn kleverigheid polsen, enkels en nek vastbindt, en ook het hart: het beknelde, belaagde hart dat zich verweert als een dier dat tijdens een drijfjacht urenlang wordt opgejaagd, verzwakt door de wonden in zijn flanken, het zwakke hart dat wankelt op de rand van de afgrond, dat droomt van fantastische sprongen, het hart dat al deel uitmaakt van het verleden...

In de kamer in het ziekenhuis bleef ik dagenlang bij Paule. Ik bracht armenvol gele schubkamille voor haar mee, praatte over de avonden in Gent, de stranden van Oostende en Zoosten, over de duizend jaar oude beelden van Nemrud Dag die 's ochtends naar de zonsopgang keken, over haar huid, haar buik, het blond van haar haren.

Haar hand bood nog een illusie van leven, warm en zacht... Kijk, dacht ik, coma is nog een beetje leven, Paule leeft en slaapt in deze overdreven witte kamer, ik praat tegen haar, ik geef haar een kus op het voorhoofd. Paule antwoordt niet, zegt niet dat ze mijn kus voelt, maar we zijn nog wel in dezelfde wereld.

Als ik het raam op een kiertje zette, kwam de wind naar haar toe. Een paar haarlokken, drie zonnestralen, de geur van ether. Mijn liefhebbende kleine Paule. Ik wees de dood af. Ik denk dat ik de rest van mijn leven bij de aan haar coma overgeleverde Paule had kunnen blijven, de niet meer helemaal menselijke Paule, de pop met de overdreven ivoorkleurige huid, maar toch: niet helemaal dood.

Aan dit alles zal ik voortaan denken, en van dit alles verlos ik mezelf.

Feil heeft me in staat gesteld om in het ganzenbordspel dat zonder dat ik het wist sinds mijn aankomst wordt gespeeld, behoorlijk wat vakjes over te slaan en op het laatste te belanden, dat welbeschouwd identiek is aan het eerste. Want volg ik niet vrijwillig het parcours dat Paules dood heeft geopend en dat me ongemerkt heeft teruggevoerd naar wat ik wilde ontvluchten en vergeten? Maar nu ik weer ben aanbeland op de plaats van het lijden, vind ik daar alleen de herinnering aan dat lijden en niet meer de bijtende pijn.

Ik heb opnieuw iets schitterends gezien. Reine woont binnen de muren van dit kleine stadje. Ze slaapt er, ademt er, haar sandalen klakken over het plaveisel. Ze lacht terwijl ik zit te schrijven, zoent een jongen, zwemt naakt in de Maas, die groen is van de door de bladeren gezeefde schaduw, en rangschikt roomgebak en aardbeientaart in de etalage van de banketbakkerij.

Alles smelt samen: 'Stoute kinderen krijgen geen taart...' En mijn moeder trekt me mee aan mijn arm. Verlaat het land van honing en suiker, van knapperige koekjes en slagroom in de grote tearoom aan de Kammerstraat. Ik huil tranen met tuiten, dikke tranen die je wangen roze kleuren en er groeven met een randje vuil in achterlaten. Mijn moeder rent naar haar liefdes, verkoopt haar lichaam, rent ook naar de dood, haar dood waar ik niets van weet.

Op een dag nam ze een boot, aan de arm van een Zuid-Amerikaan.

Waar heeft dat romantische klatergoud haar heen gevoerd? Naar vaquero's die geduldig in de rij bij de ingang van een armzalig bordeel staan te wachten, of naar een hacienda van tienduizend hectaren waar hele troepen stieren de klei van de dagen doen dreunen met de muziek van hun hoeven, een donderbui van stof, de nacht van de ziel?

Nog een overwinning voor haar die nooit van me gehouden heeft: ik kan geen punt achter haar leven zetten en daarom moet ik verder met haar, ondanks mezelf. Ik kan me niet van haar ontdoen. Waarom blijft het kwade over als het lieflijke ons verlaat? Zal ik om haar roepen als ik sterf?

Het zijn de laatste dagen van juni. Vanuit mijn slaapkamerraam snuif ik de geur op van de lindebloesem die door een kortstondige vochtigheid, opgestegen uit de Maas, in de avondschemering nog sterker wordt, onder de boogvormige vlucht van de meikevers die langs de lantarenpalen scheren en het plein versicren alsof het een bruiloftszaal is.

Het leven rekt zich uit, zo loom als een poes op een kleed. 's Nachts wordt er gelachen en gespeeld, oude discussies worden opnieuw opgerakeld en ver van nieuwsgierige blikken wordt er gewandeld. Het is moeilijk om van de bankjes op te staan, er worden sigaretjes gerookt. Ik ga wel naar Het Anker, maar ik drink niet meer. Dat lijkt Pergus, slecht zakenman als hij is, wel goed te keuren.

Mijn dromen verzoenen Paule en Reine in een wonderlijke pavane. De twee gezichten glimlachen naar elkaar, terwijl ik zielig in een hoekje van het denkbeeldige vertrek op een oordeel schijn te wachten. Maar er gebeurt niets. Paule kijkt naar Reine, ik kijk naar

Paule. Zo blijft het. Mijn moeder lijkt niet ver weg.

Het jonge meisje is er langzaam maar zeker in geslaagd de deur van mijn denkwereld open te breken en de gedachte die een paar maanden geleden nog ondraaglijk voor me was – dat ik de belofte die ik mezelf aan Paules sterfbed had gedaan zou breken – ontdoet zich van zijn kleed van schande.

Ik word weer zomaar iemand. De dood van Paule had me tot een martelaar of een gebroken geliefde gemaakt. Nu werp ik die schitterende rollen met een boog van me af! Ik was geen heilige, maar een doodgewone verrader die niet slimmer of eerlijker was dan een ander, en die vanwege niets anders dan zijn verdriet een tijdlang uniek dacht te zijn. 'Zet de ramen open, zou ze je gezegd hebben, dat zou Paule je gezegd hebben. Je moet door, het leven gaat door, zou ze gezegd hebben, dat zweer ik je...'

Mijn nieuwe zomer begint met afschuw over deze ontdekking. Het zomerse licht van schermbloemen en korenbloemen, de muziek van water dat over leisteen naar beneden klatert en de geur van pijnbomen waar de zon tegenaan schurkt, veroorzaken een vreugde die nu tastbaar wordt, die zijn belofte over de lange duur van de toekomst verbreekt.

Ik wilde Feil nog een keer vanaf de top van de heuvel zien. Ik bracht de dag door tussen de varens, op mos dat aanvoelde als een kussen en dat de rotsen bekleedde met zachtgroen. De geluiden van de stad bereikten me zoals altijd als een betoverende sirenenzang, waaraan ik me nu alleen nog kon overgeven door me voor te stellen dat ik op Reines heupen lag te slapen, nog niet in haar, maar dicht tegen haar aan, huilend om de steeds vager wordende herinnering aan Paule.

Toen ik terugging, dompelde ik bij de ijzeren brug mijn armen in het water van de rivier, en voor mijn ogen die op het wateroppervlak gericht waren, begonnen duizenden eendagsvliegjes te dansen, en met hun bijna doorzichtige pootjes en lijfjes bevruchtten ze een bewegende nevel. Over een paar uur, hooguit een dag, waren ze allemaal dood, maar de nevel zou er nog zijn, geboren uit de beweging van duizend nieuwe lijfjes... en binnenkort, ja, heel binnenkort zou het echt zomer zijn, hoogzomer, met komende oogsten en heldere sterrenhemels, en het vallen van beekjes op de schoepen van molens, een zomer van dichte bossen, een zomer van bessen en gestrekte handen, van asfalt dat op vergeten B-wegen zijn zweet uitscheidt, een zomer van afdrukken van blote voeten op natte tegels in een keuken tegen drie uur in de middag, een zomer van siësta's, een zomer van tijdelijke verkoeling in de schaduw die wegsterft zodra de luiken opengaan en tegen de hete witte muur slaan.

Toen ik langs het schoolgebouw liep, bereikte me door het raam van een klaslokaal de stem van een heel jong meisje:

135

Want ben jij, Reine, koningin, nu de eerste of de laat-
ste,
En ben jij koning, jij, de enige of de laatste geliefde?

Plotseling voelde ik dat de resten van een diepe verdoving van me af vielen.

Het broze stemmetje vervolgde:

Bemin wie u beminde van de wieg tot het graf
Haar die ik liefhad bemint mij als enige nog teder
Het is de Dood, of de dode, o verrukking, o kwelling!

Terwijl de woorden me bereikten, zeiden mijn lippen
het mooie sonnet van Nerval op dat ik ooit had geleerd, en het was alsof de stad me via dat gedicht leidde naar een hoogtepunt van toevalligheden en con-
frontaties die hij in de loop van de dagen onder mijn
voetstappen had gezaaid, zonder het te vertellen.

En toen de stem zweeg, leek de stilte eindelijk het
dikke herbarium te hebben dichtgeslagen, waarin voor
altijd een mooie liefde, een gezicht en heel veel kussen
onder uitgestrooide, ooit geplukte, eens beweende gele bloemen lagen te sluimeren: de zwijgende last van
verwelkte uren, samengebonden met een beschadigd
lintje van de ziel.

Toen begreep ik dat ik hier niet langer hoefde te blijven.

Het geklik van de koffersluitingen sloot deze maanden af. Ik had Paule en onze liefde met alle geweld terug willen vinden en ik kon alleen maar constateren dat ik er vandaan was gegroeid. Nu vraag ik me af of ik ooit, al was het maar een seconde, in staat zal zijn om Paules kust weer te bereiken, het eiland waarop haar schaduw langzaam zwakker wordt in de voortdurende foltering van het niet-zijn.

Pergus wilde per se afscheid nemen, hij kwam er zelfs voor naar madame Outsander. Een beetje gegeneerd wiebelde hij van de ene voet op de andere met een pakje in de hand dat hij me steeds maar niet gaf. Ten slotte vermande hij zich: 'Hier, voor onderweg...' Toen ik het zijdepapier had verwijderd en zijn cadeau zag, moest ik lachen zoals ik dat in lange tijd niet meer gedaan had. Hij lachte mee: 'U hield er toch zo van, dus... het is de laatste, de cirkel is rond...' De fles Bourbonnette glom in de zon en op het etiket stond, naast de gestileerde gentiaan, een tekstje, in heel fijne letters:

Met de complimenten van een paar oude houwde-
gens, voor degene die ons wat leven bracht... Leve
Het Anker!

Eronder stonden de handtekeningen van Pergus, Lamiral, Sirdaner en Amédée.

Ik sloot Pergus in mijn armen en gaf hem een kus.
Dat is raar, twee mannen die elkaar kussen, dat gebeurt alleen maar bij een huwelijk of een overlijden.
Dat had Albert de Aansteller me geleerd, die zijn eigen
theorie echter steevast onderuithaalde door me elke
avond als mijn moeder het niet zag op beide wangen te
kussen.

Daarna was er, zoals zo vaak na een omhelzing, een
gevoel van gêne dat een paar seconden duurde, voordat de een weer begon te spreken: 'O ja, dat is waar
ook, díe was u ook vergeten!' en Pergus overhandigde
me de groene Conquérant. 'Ik heb hem teruggevonden achter de kachel toen ik daar een paar dagen geleden aan het schoonmaken was, hij heeft wel een beetje geleden, maar ik denk dat het meeste wel gered is,
nu ja, dat vermoed ik, ik heb er niet in gelezen, dat zou
ik me nooit permitteren.'

Ik had hem kunnen antwoorden dat er niets of bijna
niets te lezen viel. Dat het leven elders is, in handdruk-
ken, in onze nog warme lichamen of in kruiswoordpuzzels. Andere zekerheden.

Het half met krabbels gevulde schrift rook naar
houtskool. Op de kaft met ezelsoor had de ridder in

138

het kleine vuurtje zijn lans verloren. Een paar door de vlammen verschroeide bladzijden leidden me naar andere schroeiplekken... Ik herlas een paar regels.

Ik had toen gewild dat de in zinnen strak gerangschikte woorden die me nu opeens weer inhaalden, als tragische monstransen waren. Ik wilde er je adem mee verlengen, denk ik, mijn Paule uit Oostende, Gent en Mechelen, door ze te verlengen in de miraculeuze viering van eeuwige zondagen. En zo de eucharistie vieren van een fabuleus verdriet.

Herinner je je die werveling nog, dat dansen op de veertiende juli, in Frankrijk, toen mannen en vrouwen, dronken van de karafjes witte wijn, op de binnenplaats van een kazerne stonden te walsen? De tafels waren lang en iedereen raakte onmiddellijk bevriend met degene naast hem, zonder hem te kennen. Om alles werd bulderend gelachen, geschaterd, onder de vonken van de accordeon en het vuurwerk. Tegen twaalf uur tolden de hoofden net zo hard als de lichamen. De vrouwen wuifden zich koelte toe met de rug van hun ene hand terwijl ze de andere om de nek van hun partner legden. Duisternis en vermoeidheid gaven hun pupillen de kleur van vingerhoedskruid bij de sloten, dat in juni, bij het vallen van de eerste regen, zijn klokjes buigt.

Paules lippen op de mijne, haar tong een klein zacht puntje, de gloeiende hitte van haar dijen en haar buik die bij het dansen tegen de mijne kleefde, haar haar als een krans van hazelwormen, samengevlochten door zweet; de nacht, de maan boven onze kus aan de diepe, bloedzwarte hemel... Er valt nog zoveel te vertellen, maar voor wie?

Nu zal ik niet meer voortdurend met Paule leven. Alleen enkele fragmenten van onze liefde zullen niet vergeten raken en soms ongewild opdoemen: op die momenten zullen me misschien ook haar schoonheid en haar stem weer te binnen schieten, zo broos en kwetsbaar als eeuwenoud verbandgaas afkomstig uit antieke graven. Het zullen momenten zijn die aan het niets zijn ontrukt, afgrijselijk onomstotelijke bewijzen van haar dood, want is de stem niet het meest sterfelijke wat we hebben?

De echte dood van degenen die we liefhebben dringt zich op aan ons afgrijzen wanneer wij ondanks onze inspanningen en wensen, ondanks de weg die Orpheus als eerste is ingeslagen en die wij allen volgen, het verlangen voelen naar ons leven om te kijken en naar degene die er het vuur van was, en dat we dan de verdwenen schone, mijn Paule of die van u, in bleke rook zien opgaan, blind, met uitgestrekte handen en smeekbeden...

Paule gaat weg, Paule is weggegaan terwijl ik haar probeerde uit te drukken, terwijl steeds meer woorden zich aaneenregen. Mijn verdriet verflauwt niet, daar wil ik tenminste niet van horen, maar zijn al die regels die door de herinnering worden geïnspireerd wel iets anders dan een soort doodskist?

Ik wilde zo dicht mogelijk bij je zijn, en er misschien voor anderen dan mezelf voor zorgen dat jouw naam en de afspiegeling van heel je persoon zouden blijven bestaan als wij allang vertrokken waren. Ik geloof dat er altijd de onredelijke hoop is dat we zullen doorleven in de dromen van degenen die na ons komen.

Toen ik van het kerkhof van Minelseen kwam, konden zelfs de zon en het prachtige Vlaamse midzomerlandschap de gedachte aan het einde niet verjagen. Alles stond voor eeuwig stil, dacht ik toen. Het leek me ongepast om ooit van mijn rouw te genezen en weer naar het land der levenden te kijken. Paule had onze plaats en mijn kracht met zich meegenomen.

Er is tijd overheen gegaan, tijd die niets met Paule te maken wilde hebben. De tijd, die verdriet brengt, neemt het ook op zich dat verdriet te verzachten, en het is merkwaardig te zien hoe hij zijn best doet om ons kapot te maken en daarna te troosten. Mijn rouw is bijna voorbij: daar ben ik zo bang voor als voor een lafheid.

'Je kunt niet altijd met de doden leven,' had madame Outsander gezegd, die in mijn gezicht en mijn gebaren wel kon lezen wat ik haar allemaal nooit had durven vertellen. 'Dan moet je daar direct voor kiezen! Maar als je doorgaat, heeft het geen enkel nut om jezelf ergens van te beschuldigen, u hebt geen enkel verraad gepleegd. Ik heb het ook meegemaakt, weet u...'

Ze huilde. Ik sloot haar in mijn armen. 'Pas op met die bloedarmoede van u...' zei de pastoor opnieuw toen hij langskwam op de fiets. En Maltoorp, die met zijn houweel in de hand was komen aanzetten, liet wat aarde achter in mijn hand.

De klaverjassers van Het Anker stonden nog lange tijd met hun ellebogen op de reling van de ijzeren brug te zwaaien.

Wat had ik nog meer kunnen vinden in dit kleine stadje dat zijn rol van spiegel zo uitstekend heeft vervuld? Niets meer dan wat ik zelf al had ontdekt, kalm en vol schaamte.

Daarom was de gedachte aan weggaan langzaam in me opgekomen. Ook al weet ik dat ik naar Feil zal terugkeren.

Dan zal het evenzeer een wandeling door de herinnering zijn als door het geluk, want als de bocht in de Maas tijdens mijn verblijf veranderd is in een relikwiedoos voor mijn gestorven liefde, dan houdt de stad tussen zijn oude muren en tegen de hellingen, in zijn dichte bossen en zachtgrijze straten, toch ook een vurige, heldere, rosse belofte in, een jonge vervoering des vlezes, een ongetemperde vlam...